LOU RICHTER

Ihr könnt mich mal ... g.e.r.n.e. haben!

Wie aus Konflikten Erfolge werden

**„Frieden ist nicht die
Abwesenheit von Konflikten,
sondern die Fähigkeit,
mit ihnen umzugehen.“**

(unbekannt)

INHALT

Eingang

Hallo,

wir haben es doch alle schon gehört oder gesagt: „Ihr könnt mich mal...!" Wir sind verärgert. Irgendwas läuft ganz anders, als wir es uns wünschen. Der Grund wurzelt fast immer in einem Konflikt. Konflikte nerven! Dieses Buch möchte daran etwas ändern. Denn wer glaubt, dass man durch Abtauchen und Wegducken Probleme löst, der hält sich auch die Augen zu, um unsichtbar zu sein. Oberflächlich betrachtet verhindern Differenzen und Unstimmigkeiten Erfolge. Wenn wir genauer hinschauen, stellen wir fest: Konflikte fordern und fördern positive Veränderungen – wenn wir vernünftig mit ihnen umgehen. Aber was ist in diesem Zusammenhang denn vernünftig? Darum geht´s in diesem Buch. Es wendet sich an alle Menschen, die Unstimmigkeiten, Auseinandersetzungen und Kontroversen nutzen wollen, um Verbesserungen zu ermöglichen. Konflikte liefern die Basis für erfolgreiche Entwicklungen. Sie sind gut, wenn wir sie gut behandeln. Dieses Buch hilft dabei.

Auch wenn wir am liebsten ohne Stress und Streit, Zwist und Zank jeglicher Art friedlich miteinander harmonieren möchten – das wird nix. Wenn wir nicht wollen, dass alle Menschen völlig gleichgeschaltet unisono denken, fühlen und handeln, MUSS es Reibereien geben. Wenn wir die Welt über einen Kamm scheren, übrigens erst recht. Konflikte gehören zum Leben wie Luft und Liebe. Das ist völlig o.k. Gar nicht o.k. ist allerdings oft, wie wir mit ihnen verfahren, nämlich mit jeder Menge verfahrener Verfahren. Ich möchte hier Anregungen geben, wie wir es besser machen können.

Der erste Teil dieses Buches beschäftigt sich mit der Bedeutung von Konflikten und unseren Handlungsmöglichkeiten. Der zweite Teil bietet meine g.e.r.n.e.-Methode an, einen Wegweiser, den ich für nützlich halte.

Deshalb der Titel „Ihr könnt mich mal ... g.e.r.n.e. haben!" Ich meine nämlich, wir sollten uns gerne mit Konflikten auseinander-, oder - besser noch - zusammensetzen.

Es liegt mir sehr fern, belehren zu wollen. Höchstens im Sinne des österreichischen Personalentwicklers Herwig Kummer, der gesagt hat: *„Ein guter Lehrer ist, wer Dir zwar sagt, wohin Du schauen, nicht aber, was Du dort sehen sollst."* Ich lade Euch also ein, auf Konflikte zu schauen, Euren Horizont im Zusammenhang mit Konflikten zu erweitern. Ich bin sicher, das ist nützlich. Schon alleine, weil es ein echter Fortschritt ist, Konflikte anzunehmen. Und sie nicht so lange beiseite zu schieben, bis sie einen in den Hintern beißen.

Charlie Chaplin, der eher zu viel als zu wenig in seinem turbulenten Leben streiten musste, hat festgestellt: *„Ich brauche keine Bücher zu lesen, um zu wissen, dass das Grundthema unseres Lebens Konflikt ist; alle meine Clownerien entspringen dieser Erkenntnis!"* Ich freue mich sehr, dass ihr Euch trotzdem entschlossen habt, dieses Heft des Handelns in die Hand zu nehmen. Danke!

Liebe Lesende, ich habe eine Bitte: Erlaubt mir die Freiheit des Gender-Hoppings. Mal so, mal so, ohne Zwang. So, wie es sich für mich in der jeweiligen Zeile gut anfühlt.

Ach ja, und ich bitte auch um Verständnis, dass ich Euch hier duze und nicht distanziert sieze. Na klar, wir waren nicht zusammen auf Klassenfahrt. Da Ihr Euch aber zur Beschäftigung mit Konflikten entschlossen habt, fühle ich eine gewisse Nähe, die ich auch ausdrücken möchte. Wer das problematisch findet: Herzlich willkommen in der Welt der Konflikte! Wir kriegen das hin.

Erfolgreich leben heißt: Konflikte lösen

Leider können wir nicht immer tun, was wir gerade wollen, aber wir sollten uns bemühen, immer zu wollen, was wir gerade tun. Das ist ohne Konflikte kaum möglich. Manchmal wollen wir nichts und tun auch nichts. Schützt uns das vor Kollisionen? Nö. Denn irgendwer will immer irgendwas, dem wir uns gerade nicht entziehen können.

Über die korrekte Definition von Konflikten sind schon Unmengen Konflikte entstanden. Ich mache es mir im Zweifel lieber einfacher als komplizierter, deshalb kommt hier meine Definition für den Hausgebrauch:

Konflikt ist, wenn unterschiedliche Bedürfnisse zu emotionalen Belastungen führen.

Wer sagt, das sei aber „unterkomplex", dem antworte ich: ja, so wie unsere gesamte Wahrnehmung des Lebens. Alles ist sehr viel komplizierter, als wir es mitkriegen. Aber vieles machen wir uns auch schwerer, als es zur Bewältigung der anstehenden Aufgabe sein müsste. Mir steht „Just do it" (unabhängig von einem Schlappenhersteller) näher als „Overthinking". Den Slogan „Einfach machen" betone ich auf dem ersten Wort, leider hat das Wort „einfach" so einen banalen Beigeschmack. Dieses Buch wendet sich nicht an Kommunikations-Spezialspezialisten, sondern an alle.

Wir waren mal Spulwürmer, aber wir haben uns durch die Evolution zu sozialen Wesen entwickelt. Wir sind voneinander abhängig. Das geht nicht ohne Konflikte. Leider tendieren viele von uns dazu, Uneinigkeiten und Verspannungen zu ignorieren. Das ist so, wie jeden Morgen in den alten Schlüpper gucken und sagen: Was soll´s, den zieh ich nochmal an ...

Es ist wichtig, sich klarzumachen: Eine einfache Meinungsverschiedenheit ist kein Konflikt. Du glaubst, Dortmund wird Meister, ich setze dagegen. Kein Problem. Wenn Du mich aber einen ahnungslosen Trottel nennst, der glaubt, der Fußball würde hüpfen, weil da ein Frosch drin wohnt – dann haben wir einen Konflikt, weil mich das ärgert. Konflikte sind fast immer Ausdruck von unangenehmen Gefühlen, die in vielen Fällen auf ein unbefriedigtes Bedürfnis hinweisen.

Dieses Buch handelt also in erster Linie von äußeren Konflikten, von Differenzen zwischen mindestens zwei Personen bis hin zu multinationalen Auseinandersetzungen.

Bei allen Varianten von Konflikten gilt grundsätzlich einer der schlauesten Sätze, die jemals formuliert worden. Er stammt von dem genialen Psychiater Paul Watzlawick: *„Man kann sich nicht nicht verhalten."* Wir können nicht anders, als uns zu äußern, weil wir nun mal äußerlich in der Welt sind. Wer nichts macht, macht auch was, nämlich nichts, und das ist kommunikativ eben allerhand. Wenn man die Hand vor die Augen hält, wird´s zwar dunkel, aber die Sonne scheint weiter.

Dieses Buch möchte Dir behilflich sein, Konflikte vernünftiger, nutzbringender, erfolgreicher zu behandeln. Die wesentlichen Aspekte, die ich gleich zeigen werde, sind:

1. Ein Leben ohne Konflikte ist nicht möglich.
2. Konflikte haben ein mieses Image, sie sind aber normal, gesund und hilfreich, weil...
3. ...sie Motor und auch noch Treibstoff für Fortschritt und Entwicklung sind.
4. Ich erläutere Dir die fünf existenziellen Konfliktverhalten, vom Kampf bis zum Konsens.
5. Der für mich beste dieser Wege führt zu meiner „g.e.r.n.e.-Methode".

Deshalb heißt dieses Buch, wie es heißt: Ihr könnt mich mal... g.e.r.n.e. haben. Leider muss ich einschränken: Wir können uns nicht alle immer gerne haben. Auch wenn wir es g.e.r.n.e. hätten. Das Rezept zu Weltfrieden in vollendeter Harmonie hat irgendein Trottel vor langer Zeit verdaddelt. Ich habe sogar den Verdacht, es ist schon bei der sagenhaften Vertreibung aus dem Paradies verlorengegangen. Vielleicht hat es die Schlange in den Apfel gesteckt, und der wurde ja bekanntlich auch nicht gerade konfliktfrei verspeist. Ein Quantencomputer wird demnächst den neuen Algorithmus zu universaler Zufriedenheit für immer und für alle entwickeln – und ihn sofort zerstören, weil ihm das zu gefährlich erscheint.

Wenn wir alle quietschfidel im Ringelreihen mit wehendem Haar über die duftende Blumenwiese hopsen – wer zeigt da noch auf Wespennester, wer kümmert sich um die Unwetterwarnung, wer traut sich zu sagen, dieses Gejauchze saublöd zu finden? Differenzen machen selbstverständlich den Unterschied; wenn wir wollen, zum Besseren.

Darum geht´s hier also: besser in Konflikten klarkommen.
Du schaffst das!

Konflikt & Co. – der größte Konzern der Welt

Wenn Dir jemand sagt, er/sie/es habe keine Konflikte, renn´ bitte ganz schnell weg. Der/die/das ist höchstwahrscheinlich übergeschnappt und strebt nach der Weltherrschaft. Solche Leute sagen: *„Ich streite nie. Ich erkläre nur, warum ich recht habe."*

Ein Leben ohne Mops sei möglich, aber sinnlos, behauptete Loriot. Um nicht unnötig Konflikte mit Hundehaltern anzuzetteln, sage ich dazu nix, schiebe aber hinterher:

Ein Leben ohne Konflikte wäre sinnvoll, ist aber unmöglich.

Schade, aber dagegen ist kein Kraut gewachsen. Und wenn, dann gäbe es einen Mordsstreit darum, wer das Kraut wie anbauen und vertreiben darf. Jeder Mensch stellt leider potentiell ein Problem dar, für sich selbst und erst recht für andere. Der Grund sind Konflikte. Wir können sie nicht dauerhaft vermeiden, denn Menschen denken, fühlen, handeln unterschiedlich. Gut so. Vielfalt ist die Würze des Lebens! Wären wir alle gleich, wie öde und langweilig käme uns die Welt vor, als fader Einheitsbrei. Mal Dir bitte mal aus, alle lieben Gangsta-Rap. Selbst 50 Cent wäre dann nicht wirklich glücklicher. Und im nordkoreanischen Parlament möchte ich auch nicht sitzen. Weil Menschen unterschiedlich sind, MUSS es Konflikte geben. Auch hier: gut so! Konflikte sind hilfreich, denn – und das steht im Zentrum dieses Buches – sie bringen Fortschritte, Entwicklungen und Wachstum mit sich, wenn wir die Unterschiedlichkeit der Menschen nutzen und nicht als Streitobjekt verdammen.

Zwar sind Menschen zu mehr als 99 Prozent genetisch identisch, aber dieses eine Prozent der Abweichungen sorgt für reichlich Turbulenzen. Mindestens ebenso wichtig: Jenseits der Erbanlagen prägen uns unsere Erlebnisse zwischen Trauma und Triumph. Wir erfahren unsere Welt verschieden, denn wir alle sind der Star in unserem individuellen Lebensfilm.

In meinem Streifen namens „Lou – und wie er die Welt sieht" tauche nur ich in wirklich allen Szenen auf, begleitet von wechselnden Nebenrollen, die wiederum die Stars in ihrem ureigenen Film sind. Ich muss ihnen zugestehen, dass sie ihre persönliche Rolle eben eigensinnig anlegen, auch wenn mir das gelegentlich nicht passt. Eine Freundin klagte es mir gerade wieder: Ein vermeintlicher „Traummann" entpuppte sich im Verlauf der Handlung als Kotzbrocken – sie hatte sein Drehbuch leider nur überflogen ...

Menschen haben ganz verschiedene Erfahrungen und Erwartungen, Interessen und Bedürfnisse, Temperamente und Persönlichkeiten. Mein Oppa Heinrich wusste das, als er mir sagte: *„Der eine isst gerne Kartoffelsalat, der andere - wäscht sich gerne die Füße!"* Ich habe sehr lange gebraucht, um die tiefe Weisheit dieses Satzes zu kapieren.

Weil Menschen nun mal unterschiedlich sind, ist „Konflikt & Co." der größte Konzern der Welt mit fast acht Milliarden Mitarbeitenden, täglich werden es mehr. Jede/r einzelne bemüht sich redlich, diesen Giganten der Globalisierung am Laufen zu halten. Die meisten arbeiten dabei enorm effektiv und produzieren rund um die Uhr reichlich Streit, Knatsch, Zoff, Zank, Stunk und (hier könnte Dein Wort für Konflikt stehen).

Der Konzern gliedert sich in zwei Hauptabteilungen: **INTERN** und **INTERAKTIV.** Grundsätzlich hat es jeder Mensch – und der Konzern ist auch nur ein Mensch – mit diesen beiden Arten von Konflikten zu tun. Da sind zum einen die inneren Konflikte, die Situationen, in denen man mit sich selber ringt. Die Hamburger Band Fettes Brot hat das mal mit dem Kampf der in uns hausenden Teufel und Engel so beschrieben:

„Und so streiten sich die beiden um mein Gewissen.
Und ob ihr es glaubt oder nicht, mir geht es echt beschissen.
Doch wenn sich der Teufel und der Engel anschrein,
entscheid ich mich für... ja ... ähh ... nein,
ich mein ... JEIN.
Soll ich´s wirklich machen,
oder lass ich´s lieber sein?"

Der unverzichtbare Freiherr von Goethe ließ schon seinen Heinrich Faust nölen über die zwei Seelen, die – ach – in seiner Brust schlugen. Sigmund Freud entwickelte die Idee von „Ich, Über-Ich und Es", die miteinander verwoben unterbewusst in uns schalten und walten. Die Mitglieder des „inneren Teams" beschrieb Friedemann Schulz von Thun und verdeutlichte, wie der „innere Kritiker" häufig dem „inneren Visionär" von hinten in die Hacken grätscht. Eine Fortführung dieses gleichbleibenden Musters zum Thema „Wer bin ich – und wenn ja, wie viele?" konnten wir zuletzt bei Stefanie Stahl nachlesen, die das Innendienst-Personal noch um das „Schatten-Kind" und das „Sonnen-Kind" erweiterte. Was sie uns alle sagen: Wir sind im Grunde Trainer einer Mannschaft, die in uns rumtobt und die wir zu bändigen versuchen. Wir stellen diese Mannschaft auf und ein, und dann wollen wir sie zum Erfolg führen – was immer wir als Erfolg vorgegeben haben. Das strengt ziemlich an und klappt nicht in allen Fällen, denn schon der Fußball lehrt uns: Manchmal verliert eben auch das überlegene, bessere Team.

Jeder kennt sie, diese Ver-Spannungen, die die Fachfrau „intrapersonale Konflikte" nennt. Die spielen in diesem Buch nur die zweite Geige. Wobei ich festgestellt habe: Was im Großen von Bedeutung ist, wirkt auch im Kleinen. Konkret: Die Faktoren, die z.B. bei Koalitionsverhandlungen und Konzernfusionen eine Rolle spielen, beeinflussen auch individuelle Entscheidungen bei Jobwechseln, Partnerwahl und Autokauf. Ängste, Sehnsüchte, Eitelkeiten, Missstimmungen ... die Liste lässt sich lange fortführen. Viele Beobachtungen, die wir bei „interpersonalen Konflikten" zwischen mindestens zwei Personen machen, geben mit etwas Phantasie jede Menge Hinweise auf den sinnvollen Umgang mit den inneren Teammitgliedern, die da in uns kabbeln. Wenn der „innere Draufgänger" unbedingt den Fallschirmsprung wagen will, der „innere Angsthase" aber hemmt, dann muss die „innere Teamchefin" ein Machtwort sprechen. Überall und immer geht es nämlich um Bedürfnisse, Interessen, Erwartungen und Wünsche. So wirst Du hier, hoffe ich, auch Antworten auf interne Konflikte finden.

Als Mediator und Konfliktberater bin ich in der anderen Hauptabteilung **INTERAKTIV** beschäftigt. Da sind mindestens zwei Personen beteiligt, mit Steigerungspotential bis hin zu mehreren Staaten, bis hin zu allen Staaten im Konflikt mit der größten Herausforderung unserer Zeit: der Auseinandersetzung mit der Klimakrise.

Ich hoffe sehr, dass in diesem uns alle bedrohenden Szenario (und in möglichst vielen anderen Auseinandersetzungen) Mediatorinnen Vertrauen geschenkt wird. Es lohnt sich, denn Mediation hilft. Eine der berühmtesten Mediationen der Geschichte beendete 1648 den 30-jährigen Krieg; über fünf Jahre verhandelten der venezianische Diplomat Alvise Contarini und sein Kollege Fabio Chigi, was das Zeug hielt und die verfeindeten Deutschen, Schweden, Niederländer, Franzosen und Spanier zuließen. Contarini war am Ende selbst über den Erfolg mit dem „Westfälischen Frieden" und seine Glanztaten in Münster und Osnabrück überrascht. Er schrieb in seiner Abschlussbilanz: *„Man kann es geradezu als ein Weltwunder bezeichnen, dass derartig auseinanderstrebende Interessen sich in dem gemeinsamen Willen getroffen haben, ihre eigenen Dinge zusammen mit* *den Angelegenheiten der ganzen Christenheit an einem einzigen Ort auszuhandeln."*

Die beiden Mediationshelden der frühen Neuzeit nahmen nach dieser historisch viel zu wenig gewürdigten Meisterleistung sehr unterschiedliche Lebenswege: Contarini machte drei Jahre nach dem Westfälischen auch seinen persönlichen ewigen Frieden, Chigi stieg nur irdisch auf, dafür aber so hoch, wie es höher damals nicht ging: Er wurde Papst Alexander VII. Wer mir jemals sagt, Mediation lohne sich nicht, den lache ich schallend aus.

Bevor ich gleich das Loblied auf die Mediation singe, will ich mich kurz räuspern und einschränken: Die professionelle Vermittlung im Konflikt ist sehr wirksam, aber heutzutage, im hypermedialen Digitalzeitalter, versagt sie meist in hocheskalierten Auseinandersetzungen, wenn die Pistolen schon auf der Brust sind, wenn zu gegenseitigen Vernichtungsschlägen ausgeholt wird. Keine Mediatorin der Welt, kein Chigi und kein Contarini, hätten Wladimir Putin im Frühjahr 2022 zur kooperativen Besinnung gebracht. Sofern die Streitparteien aber noch guten Willens und gesprächsbereit an einer gemeinsamen Lösung interessiert sind, steht ein Satz fest:

Mediation wirkt – und spart!

Ungefähr 75 Prozent aller Mediationen enden erfolgreich, also zur allgemeinen Zufriedenheit der Konfliktparteien. Es wurde eine Lösung gefunden, die sich gut anfühlt, die zu den jeweiligen Interessen und Bedürfnissen passt. 75 Prozent, das entspricht der Erfolgsquote von Elfmetern im Fußball, auch da werden drei von vier Versuchen verwandelt. Wer mal den Jubel in einem vollbesetzten Stadion nach einem Elfmeterpfiff erlebt hat, der ahnt das Potential der Mediation.

Leider verzichten immer noch zu viele Organisationen und Unternehmen auf den klärenden, lösenden Einfluss von Mediation. Wenn es durch das Dach einer Fabrikationshalle fies reinregnet, wird sehr schnell gehandelt: Man lässt das Leck schließen, weil Pfützen eine effektive Arbeit stören und zu finanziellen Einbußen führen. Konflikte zeigen sich leider oft nicht so deutlich sichtbar wie Wasser auf Maschinen, aber sie sind eventuell noch viel schädlicher und eben kostspieliger. Und sie entwickeln häufig einen übel destruktiven Einfluss auf Arbeitsprozesse. Ungelöste Konflikte führen zu Ausgrenzung und Mobbing, zu einer schlechten Arbeitsmoral mit Phänomenen wie innerer Kündigung und Dienst nach Vorschrift. Sie sind verantwortlich für Ausfallzeiten aufgrund von „krankfeiern" oder sogar ernsthaft krank werden, bis hin zum Burn-Out. Der größte Anteil an Arbeitsunfähigkeitstagen beruht auf: Ich hab´ Rücken! Wenn da mal nicht sehr oft ein Konflikt übel ins Gestänge gefahren ist. Wer nur in sich reinfrisst, der zahlt einen Preis dafür. Und der lässt sich sogar volkswirtschaftlich beziffern.

Zum wirtschaftlichen Schaden, den Konflikte in Deutschland verursachen, gibt es eine Vielzahl an Studien, Erhebungen und Einschätzungen. Ich will hier nur mal eben drei von einer ganzen Palette an Erkenntnissen nennen:

- Eine Studie des Hernstein-Instituts ermittelte, dass Konflikte ca. 15 Prozent der täglichen Arbeitszeit binden. Führungskräfte trifft die Konfliktbremse noch härter: Diesen attestiert das Institut, dass sie sogar 30 bis 50 Prozent ihrer wöchentlichen Arbeitszeit direkt oder indirekt für Konflikte oder Konfliktfolgen aufwenden.
- Die KPMG Wirtschaftsprüfungsgesellschaft hat ganz genau hingeguckt und festgestellt, dass in Betrieben mit bis zu 100 Mitarbeitenden jährliche Konfliktkosten von 100.000 bis 500.000 Euro

entstehen. In größeren Unternehmen wird es (un) gerne auch noch deutlich teurer.

- Darf es etwas mehr sein? Das von Arbeitgeberverbänden unterhaltene Institut der Deutschen Wirtschaft in Köln hat dann nochmal über den ganz großen Daumen gepeilt. Dort schätzt man den volkswirtschaftlichen Schaden durch Konflikte auf 50 Milliarden Euro. 50.000.000.000 Euro. Jährlich. Allein in Deutschland. Diese Summe entspricht zwei Millionen VW Golfs. Jedes Jahr. Inklusive einem Satz Winterreifen für jede Karre.

Wir können es uns nicht leisten, Konflikte zu ignorieren, sie zu verweigern. Sie sind meistens nicht lieb, aber eben unfassbar teuer. Die Zahl der Firmenlenkerinnen und Konzernchefs, die Freude daran haben, Geld brennend aus dem Fenster zu werfen, nimmt hoffentlich ständig ab. Deshalb sollte sich Mediation schon allein als Kostensenker etablieren. Ich bin sicher, Mediation entwickelt sich zu einer wichtigen Ausbaustufe, die Unternehmen in den nächsten Jahren in ihrem Arbeitsalltag vorantreiben. So wie die Bedeutung von Marketing und Controlling in den letzten Jahrzehnten galoppierend zugenommen hat, so bedeutender stellt sich Mediation in den kommenden Jahren dar. Wollen Bosse und Entscheiderinnen, dass sich ihre Mitarbeitenden sauwohl fühlen im Job, soll der Kuschelfaktor bei der Arbeit erhöht werden? Das will ich nicht ausschließen, der fundamentale Grund ist aber ganz simpel: Zaster, Piepen, Kohle, just follow the money. Konflikte sind einfach zu teuer. Sie verursachen nicht nur hohe Kosten, sie verhindern auch höhere Umsätze und Gewinne.

Kohlendioxyd ist ein Klimakiller, und die Atmosphäre in Unternehmen vergiften Konflikte. Eine weltweite Studie des Beratungsriesen Boston Consulting Group zusammen mit der Jobplattform StepStone befragt alle paar Jahre über 350.000 Menschen in aller Herren und Damen Länder. 2018 erkundigte man sich z.B. auch danach, was bei der Arbeit denn am wichtigsten sei. Wenn Du jetzt denkst: „Easy, weiß ich, na klar, die Moneten!" – Nee, weit gefehlt. Das Gehalt rangiert in Deutschland erst auf Platz 6, weltweit sogar nur an Position 8. Global am wichtigsten: ein gutes Verhältnis zu den Kolleginnen und Kollegen! Eine angenehme Beziehung zu anderen Mitarbeitenden steht in Deutschland übrigens „nur" auf Platz 2, übertroffen von dem Bedürfnis, dass die eigene Arbeit wertgeschätzt wird. Anerkennung der Leistung – das ist hierzulande am wichtigsten bei der Arbeit. Da ahnen wir den Hasen schon im Pfeffer. Scherze wie „Kollegin abzugeben, Topzustand, zu nichts zu gebrauchen" oder auch „Wären meine Kollegen eine App – ich würde sie deinstallieren" sind spaßig, aber eben auch bitterer Ernst. Ein Unternehmen, das Konflikte nicht in den Griff bekommt, schwächelt und bleibt unter seinen Möglichkeiten. Wer belastende Differenzen im Sinne einer prima Unternehmenskultur erfolgreich behandelt, gewinnt – nicht nur in der Bilanz, sondern z.B. auch die besseren Mitarbeitenden. Quintessenz: Mediation senkt Kosten und steigert die Effizienz. Wer, der wirtschaftlich denkt, wollte das nicht?

Aber nicht nur im ökonomischen Bereich, wo wirtschaftliche Interessen im Vordergrund stehen, wird Mediation immer mehr Fans gewinnen. Sie ist schon lange dabei, auch in Deutschland im alltäglichen Miteinander immer mehr Zustimmung zu erhalten, überall da, wo Menschen überkreuz miteinander geraten und es nicht selber hinkriegen, sich wieder zu entwirren. Während der Fahrt kann man keine Reifen wechseln. Da muss man schon mal anhalten.

Die Schäden im volkswirtschaftlichen Zusammenhang mögen findige Zahlenjongleure berechnen können. Was Konflikte im privaten Bereich an Schäden anrichten, übersteigt jede Arithmetik, Statistik und den anderen Kram, der mir in der Schule eine Menge Ärger beschert hat.

Was kostet denn bitte so ein gebrochenes Herz? Wie teuer ist eine lieblose Kindheit? Welchen Preis zahlen wir für eine aufgekündigte Freundschaft? Was veranschlagen wir, wenn der Haussegen schief hängt? Den Nachbarschaftsstreit gibt´s im Sonderangebot, aber so ganz billig kommt auch der nicht daher.

Um es auf den Punkt zu bringen: Konflikte richten erst recht abseits von Wertschöpfungsketten und Produktionsausfallkosten brutale, unbezahlbare Schäden an. Sie stören unseren Seelenfrieden, sie bringen uns emotional durcheinander, rauben uns den Schlaf, machen uns fertig. Konflikte zerrütten Beziehungen, ruinieren Karrieren, lassen Träume platzen, etablieren Traumata, ... ich hör schon auf. Bei Lichte betrachtet steht hinter jedem ärgerlichen Mist ein Konflikt.

Das ist die eine Seite. Aber alles im Leben – und das wird im weiteren Verlauf noch eine ganz spezielle Rolle spielen – ist eine Frage der Perspektive. Schau Dir mal diese beiden Krawallbürsten an:

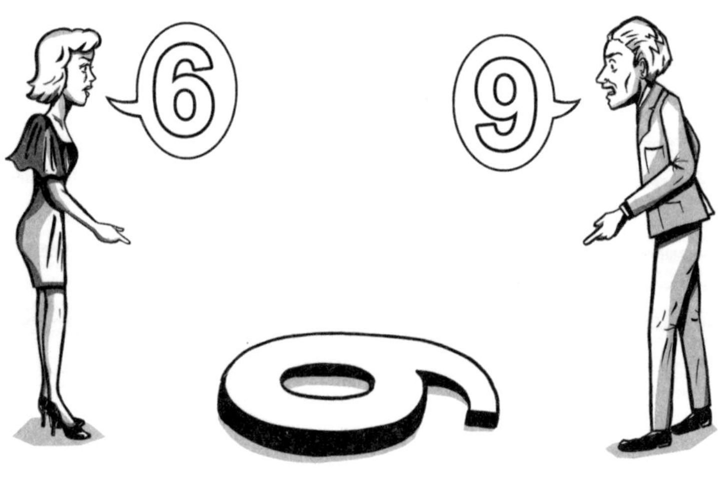

Beide haben ja recht, beide halten den jeweils anderen für doof. Dabei sollten sie lieber einen fast 1900 Jahre alten Satz beherzigen, den der römische Kaiser Marcus Aurelius verfasst hat: *„Alles, was wir hören, ist eine Meinung, keine Tatsache. Alles, was wir sehen, ist eine Perspektive, nicht die Wahrheit."* Jede Menge Hinweise, wie wir etwas gelassener durchs Leben kommen, finden sich in seinen „Selbstbetrachtungen", die in den Rang der Weltliteratur gehoben wurden. Dazu zählt für mich auch „Pippi Langstrumpf" – alles halt eine Frage der Perspektive. *„Ich mach mir die Welt, widde widde wie sie mir gefällt!"*

Die beiden, die da links zanken, müssten sich nur mal etwas bewegen und den Blickwinkel verändern. Schon sieht die Sache ganz anders aus. Da ist sie wieder, die alte Geschichte von den zwei Seiten einer Medaille. Ein buddhistisches Sprichwort legt sogar noch eine Schippe drauf: *„Jedes Ding hat drei Seiten: Eine, die Du siehst, eine, die ich sehe und eine, die wir beide nicht sehen."*

Sagen wir, wie es ist: Konflikte sind unbezahlbar schädlich, aber eben auch unendlich wertvoll. Was zu beweisen wäre.

Konflikte sind nützlich

Das Wort Konflikt ist so negativ besetzt wie Wurzelbehandlung und Vollstreckungsbescheid. Niemand mag Konflikte, niemand steht morgens auf und denkt sich: „Herrlich, ich bin so gespannt, wer mir heute wieder mies in die Suppe spuckt. Da hab´ ich richtig Bock drauf!"

Konflikte haben ein unwesentlich besseres Image als Ausgangssperren. Ich will aber das Ansehen von Konflikten so strahlend aufpolieren, dass Du beim Lesen eine Sonnenbrille tragen solltest. Wenn du am Ende dieses Buches einen Konflikt als hilfreichen Unterstützer und nicht als störenden Feind begreifst, dann kann ich als glücklicher Mann sterben.

Konflikte sind Motor und Treibstoff für positive Entwicklungen.

Theologisch betrachtet, würden wir ohne Konflikte heute noch im Paradies rumlungern und der Schlange dabei zuschauen, wie sie über einen Apfel schwadroniert. Evolutionär gesehen haben uns erst Konflikte angetrieben, von einer Walachei in eine andere zu wandern; mal war es der Mangel an Nahrung, mal Auseinandersetzungen mit anderen Gruppierungen. Medizinisch führen Krankheiten zu Symptomen, die zu Diagnosen und die schließlich zur Therapie. Ein Konflikt ist primär keine Krankheit, aber er ist das Symptom einer emotionalen Schieflage, die nach einer Verbesserung verlangt.

Als Basis jeder Wissenschaft lässt sich nachweisen, was auch für unsere alltäglichen Scharmützel gilt: Da ist etwas nicht so, wie wir es gerne hätten, da muss sich bitteschön was ändern. Es mag die Glücksfälle geben, in denen sich ein unerwünschter Zustand in Wohlgefallen auflöst. Manchmal hört es einfach auf zu regnen, noch bevor wir den Schirm suchen. Fast immer aber braucht es Aktivität und einen gewissen Energieaufwand für eine Veränderung.

Konflikte sind der fundamentale Anstoß für Veränderungen.

Veränderungen sind unvermeidlich. Selbst wenn ein System stabil ist, so ändert es sich doch durch Prozesse der umgebenden Systeme. Also: selbst, wenn Du weder essen, trinken, Wasserlassen möchtest, wird dich irgendjemand aus Deiner Familie während der Fahrt in den Urlaub zu diversen mehr oder weniger willkommenen Zwischenstopps veranlassen – „Hab Hunger, hab Durst, muss Pippi, mir ist schlecht, wann sind wir da?" Friedrich Schiller brachte das in seiner Tragödie von Wilhelm Tell so auf den Punkt: *„Es kann der Frömmste nicht in Frieden leben, wenn es dem bösen Nachbarn nicht gefällt."* Wenn die Uhr auch steht, Zeit vergeht. Wenn wir glauben, alles sei in bester Ordnung, braut sich irgendwo was zusammen. Das muss uns überhaupt nicht beunruhigen, das ist nicht schlimm, das nennt man Leben. Absolute Ruhe gibt es sowieso erst nach dem Tod. Schlimm wird es, wenn wir unangemessen oder wegen Überforderung überhaupt nicht reagieren. Jede Veränderung nutzt als Antreiber den zugrundeliegenden Konflikt.

Das kleine Einmaleins des Drehbuchschreibens verlangt drei Dinge: Konflikt, Konflikt, Konflikt. Was wäre Luke Skywalker ohne Darth Vader? Wie zauberhaft wäre Harry Potters Leben ohne den dunklen Lord Voldemort? Wie wir uns auch drehen und wenden, der Hintern bleibt hinten, und es gilt: Konflikte sind die Ursache der meisten gesellschaftlichen Veränderungen, vom Sieg des homo sapiens über den Neandertaler bis hin zu den Demokratisierungsprozessen (und ihren totalitären Gegenreaktionen) in allen Teilen der Welt.

Konflikte sind Warnsignale für Missstände.

Jedes Auto hat ein buntes Kaleidoskop an Hinweisgebern im Armaturenbrett oder Display. Da wird überwiegend angezeigt, dass was nicht stimmt. Irgendetwas ist nicht in Ordnung – der Ölstand ist zu niedrig, der Reifendruck zu gering, es fehlt an Wasser usw. Kein Mensch wäre doch so dämlich, dann einfach ein Stück Gaffa-Tape zu nehmen und damit das Warnsignal zu überkleben. Gefahr erkannt, Gefahr gebannt, haha! Das Problem ist zwar via Leuchte nicht mehr zu sehen, aber es bleibt selbstverständlich bestehen. Bis der Kühler wegen Wassermangels platzt. In ähnlicher Weise funktionieren auch Konflikte: Ein ignorierter Konflikt geht vielleicht kurz weg, aber dann kommt er wieder – und zwar mit Verstärkung. Konflikte zeigen uns an, dass wir etwas unternehmen sollten, erst recht als Unternehmerin, aber auch als Urlaubsvertretung des Blödmannsgehilfen. Achtung, Wiederholung, weil wichtig: Konflikte entstehen aufgrund von unangenehmen Gefühlen, die wiederum auf ein unbefriedigtes Bedürfnis hinweisen. Wenn wir das nicht ernst nehmen, kann der emotionale Kühler platzen.

Konflikte schaffen Durchblick.

So wie eine Brille unsere Sehschärfe verbessert, erkennen wir durch Konflikte deutlicher, wo Fehlentwicklungen im sozialen Umgang bestehen. Die Corona-Pandemie, so konnten wir unisono quer durch alle Medien lesen, sehen und hören, fungiere als ein „Brennglas". Die Masse an Konflikten, die sich aus der Attacke des miesen, fiesen Virus Sars-Cov-2 ergaben, wird uns noch jahrelang beschäftigen. Geschäfte auf oder zu? Maske auf oder ab? Boostern ja oder nein? Covidiot oder Schlafschaf? Man kriegte die Krise. Die Corona-Krise, so schrieb die Bremer Politologin Gundula Ludwig, habe deshalb so ein enormes Ausmaß annehmen können, weil es bereits reichlich andere Krisen gab: *„Wir haben die ökologische Krise, die Krise der Demokratie, die Krise der sozialen Reproduktion, die Care-Krise, und auf diese multiple Krise setzt sich nun auch noch die Corona-Krise drauf. Ich würde aber sagen, dass wir es dabei mit einer Verdichtung von krisenhaften Momenten zu tun haben, die eigentlich schon vorher die Normalität in unserer Gesellschaft waren."* Corona also als Brennglas, als Hingucker für gesellschaftlichen Zusammenhalt, soziale Gerechtigkeit, Pflegenotstand, Medienkritik ... schlicht also als Seismograph vorhandener Problematiken. Mal abgesehen von der Klopapier-Krise, die war einfach albern. Es sind immer Konflikte im Spiel, die uns, wenn wir dazu bereit sind, den Blick schärfen und manchmal erst die Augen öffnen. Der Ukraine-Krieg hat sogar zu einer 180-Grad-Wende in weiten Teilen der internationalen Politik geführt. Pazifistische Abrüster wurden zu Bundeswehroptimierern, Finnen und Schweden gaben ihre Neutralität zugunsten einer Nato-Mitgliedschaft auf, und mein Nachbar rüstete auf mit dem Ankauf einer Gaspistole. Dieser Krieg hebelte liebgewonnene „Gewissheiten" aus.

Konflikte eröffnen Chancen.

So wie die Covid19-Pandemie und der Ukraine-Krieg uns gezwungen haben, bestehende Schieflagen und Missstände anzugehen, eröffnet jeder Konflikt die Möglichkeit für Verbesserungen. Da müssen wir gar nicht auf gewaltige Weltkrisen schauen, da reicht der Blick auf ganz kleine, private Differenzen. Alle Eltern kennen die Auseinandersetzung mit ihrem Nachwuchs über die Höhe des Taschengeldes. Da greifen die gleichen Mechanismen wie bei Tarifverhandlungen: „Ich will mehr!" – „Warum denn?" Als wir mit unserer Tochter zu der Einigung kamen, dass wir ihr Taschengeld erhöhten, sie dafür den Konsum von Süßigkeiten selber zahlen musste, führte das zu deutlich weniger Zucker im Körper der jungen Dame. Vom Erfinder (Telefon) und Großunternehmer (AT&T) Alexander Graham Bell ist dieser Satz überliefert: *„Wenn sich eine Tür schließt, öffnet sich eine andere; aber wir sehen meist so lange mit Bedauern auf die geschlossene Tür, dass wir die, die sich für uns geöffnet hat, nicht sehen.“* Dieser Herr Bell war ein schlauer Mann, aber vor allem ein Genie in der Kunst, Vorlagen anderer Menschen zu veredeln und zur Blüte zu bringen. Bell hat nicht das Telefon erfunden; Zeitgenossen wie der brillante italienische Tüftler Antonio Meucci oder der deutsche Physiker Johann Philipp Reis lieferten die entscheidenden Arbeiten, die Bell dann in einen enormen wirtschaftlichen Nutzen führte. Die Geschichte des Telefons und seiner Kommerzialisierung von Meucci bis zu Jobs könnte Bibliotheken füllen, mir geht es hier um den findigen Herrn Bell und sein obiges Zitat. Es ist nämlich auch lediglich eine Weiterführung eines Satzes, den der französische Dramatiker Molière schon 200 Jahre vor ihm prägte: *„Wenn sich eine Tür schließt, öffnet sich eine andere.“* Konflikte haben das Potential, ebenso steinige Wege zu beenden wie neue Pfade aufzutun. Lasst uns durch offene Türen rennen!

Konflikte fördern und nehmen Druck.

Ich habe es schon oft erlebt, wie Menschen unter Druck gerieten, weil sie sich vor einem Konflikt ge-drückt haben. Sich drücken erhöht immer noch zusätzlich einen bestehenden Druck. Frühzeitige Konfrontation mit Konflikten kann dagegen in Drucksituationen sehr entlastend sein, wie ein Überlaufventil funktionieren. Fast alle Fußball-Bundesligisten arbeiten mittlerweile mit psychologisch geschultem Personal, das sich um die mentale Seite der Kicker kümmert. Bestimmte Betätigungen kommen immer mit Drucksituationen in Kontakt, aber mit dem

Druck verhält es sich genauso wie mit dem Konflikt und dem Beton: Es kommt drauf an, was man draus macht. Ich bin davon überzeugt, dass das Gehirn das am meisten leistungshemmende Organ im kommerzialisierten Sport ist. Diskus-Olympiasieger Robert Harting hat das so ausgedrückt: *„Werfen ist zu 90 Prozent mental - der Rest ist reine Kopfsache!"*. Wer sich frühzeitig Drucksituationen stellt und den dahinter schwelenden Konflikt angeht, erhöht seine Erfolgschancen enorm. Das gilt im Sport. Im täglichen Leben heißt das, man erhöht seine Chancen auf Zufriedenheit und Wohlbefinden.

Konflikte machen kreativer.

In diesem Buch sind intrapersonale Konflikte, wenn wir mit uns selber ringen, nachrangig. An einem Phänomen komme ich hier, auch aus eigener, leidvoller Erfahrung, nicht vorbei: Selten sind wir so kreativ und einfallsreich, wie wenn wir uns vor einer zwingenden Arbeit drücken wollen. Prokrastination, die „Aufschieberitis", beherrschen Universitätsprofessorinnen genau so gut wie Vorschüler. Wer kennt das nicht: Du solltest etwas erledigen, verspürst aber eine quälende Unlust. Ein klassischer Konflikt zwischen Sollen, aber Nicht-Wollen. Wenn ich etwas aufschieben will, fallen mir eine Million Ersatzhandlungen ein. Einziger Vorteil: Mein Schreibtisch ist dann immer aufgeräumt.

Wenn Du es gerne etwas bedeutsamer haben möchtest, bitteschön: Der drängendste Konflikt unserer Zeit, die Klimakatastrophe (ja, Katastrophe, frag nach im Ahrtal), hat jeder Menge Unternehmen Feuer unterm bräsigen Hintern gemacht. Alle haben verstanden, dass Klimaschutz Menschenschutz, also Konsumentenschutz, also Umsatzschutz usw. ist. Machen wir weiter wie bisher, kommt uns das verdammt viel teurer zu stehen, als jetzt in die Maßnahmen zu investieren, die eine lebenswerte Umwelt für künftige Generationen ermöglicht.

Ja, ich weiß, dass haben alle, die in Erdkunde aufgepasst haben, schon gesagt, ich wollte es eben auch noch loswerden. „Fridays for future" bedeutete in meiner Schulzeit nur: Was machen wir am Wochenende? Das hat sich dankenswerterweise verändert. Und wenn dieser Klimakonflikt so, wie wir das in vielen Fällen beobachten können, die Kreativität von Unternehmen anfacht, dann ist es noch nicht zu spät. Wenn jetzt auch noch die Politik mitzieht, kann doch noch ein (trockener) Schuh draus werden. Dabei ist die Lösung im Konflikt zwischen „Ich will wiedergewählt werden" und „Ich muss unpopuläre Entscheidungen für den Klimaschutz treffen" ganz einfach: dem Wahlvolk überzeugend erklären, das eins und eins eben zwei sind und nicht einskomma-was-wollt-ihr-am-liebsten-hören.

Konflikte zwingen uns dazu, nicht nur schwarz und weiß zu sehen, sondern kreativ erst recht die unendliche Vielfalt der Grautöne dazwischen zu erkennen. Und grau ist hip, hat mir meine Tochter erklärt.

Konflikte sind ein „game changer".

Die Formulierung „game changer" tauchte Anfang der 1980er-Jahre in amerikanischen Sportgazetten auf und meinte damit entscheidende Situationen, die ein Spiel drehten oder wesentlich veränderten. „This Four-Point-Game of Jordan was the game changer". Später ging der Begriff in den Wirtschaftsjargon ein, wenn z.B. der Zusammenschluss zweier Unternehmen eine ganze Branche durcheinanderwirbelte. Spätestens nach der Jahrtausendwende kam die Bezeichnung auch in der Politik an, als das Weiße Haus propagierte, „nuclear weapons are game changer", und den Irak zu transformieren, sei „a geopolitical game changer".

Konflikte sind immer Ausdruck eines Veränderungswunschs. Da existiert ein unbefriedigtes Bedürfnis. Das kann sich äußern in „Ich möchte Dich heiraten!" bis zu „Wenn wir die Digitalisierung nicht vorantreiben, haben wir auf dem Weltmarkt keine Chance." Steve Jobs hat mit dem ersten Iphone und damit dem Einläuten des Smartphone-Zeitalters eine gesamte Branche revolutioniert. Nokia, bis 2011 Handy-Weltmarktführer, verpennte diesen „game changer" und stürzte in die Bedeutungslosigkeit. Die Flüchtlingskrise 2015 in Deutschland mit ihren endlosen Konflikten zwischen „Refugees welcome" und „Macht die Grenzen dicht!" stellte sich als ein „game changer" für unsere Demokratie heraus. Populismus und Fremdenfeindlichkeit stehen einem freiheitlichen Humanismus und dem Willen zum Rechtsstaat phasenweise unversöhnlich bis heute gegenüber. Welche geopolitischen Auswirkungen der Ukraine-Krieg noch zeigen wird, lässt sich kaum abschätzen. Aber viele Ankerpunkte, die seit Jahrzehnten als klar und selbstverständlich angesehen wurden, veränderte dieser Konflikt bereits. Eine Schlagzeile „Grüne befürworten Export schwerer Waffen" schien noch vor kurzem undenkbar.

Konflikte verlangen nach Kommunikationsverbesserung.

Der Soziologe Ralf Dahrendorf formulierte schon Ende der 1960er-Jahre: *„Die meisten Konflikte entstehen durch mangelnde Kommunikation und können nur durch Kommunikation gelöst werden."* Das ist des Pudels Kern: Wir müssen uns miteinander zusammensitzend auseinandersetzen, was schon an der sprachlichen Konstruktion erkennbar gar nicht soo einfach ist. Kontroversen, Unstimmigkeiten, Missverständnisse können wir nur kommunikativ in den Griff bekommen. Damit ist keineswegs nur „Reden hilft" gemeint. Schon ein Lächeln, mal zustimmend, mal hämisch, kann viel verändern. Wie war das gemeint? Bist Du auf meiner Seite oder nimmst du mich nicht ernst?

Kleinigkeiten sind dabei gelegentlich entscheidend. Von der englischen Punk-Ikone Sid Vicious, Bassist der Sex-Pistols, ist diese Anekdote überliefert: Auf einer Tournee sah Simon John Ritchie, so hieß er bei Geburt, in einem Musikalienhandel einen grandiosen Bass aus feinem Wurzelholz, den er gerne haben wollte. Der war leider enorm teuer, von 8000 Pfund wird berichtet. SMS, WhatsApp usw. gab es noch nicht, also ließ er ein Telegramm an seine Plattenfirma kabeln, mit der Frage, ob die dieses Luxus-Instrument bezahlen würde. Schon bald kam die Antwort: „No. Price too high." Dummerweise passierte bei der Übermittlung ein winziger, aber doch kolossaler Fehler. Da wurde der Punkt zwischen den beiden Sätzen verschlampt, bei Vicious kam an: Kein Preis ist zu hoch. Konsequenz: Der junge Rotzlöffel kaufte gleich zwei Exemplare. Wegen solcher Übertragungsfehler bin ich ein großer Freund des unmittelbaren Gesprächs. Womit wir beim nächsten Punkt sind:

Konflikte schaffen Identität.

Grün ist nicht einfach grün, es ist ebenso nicht blau, nicht gelb und nicht rot. Ich meine das physikalisch, nicht politisch. Wir kommen zu Meinungen und Entscheidungen, indem wir sie mit möglichen Alternativen abgleichen. Haltungen und Werte entstehen erst durch den Vergleich mit ihnen widersprechenden Positionen. Ein Marxist ist kein Neo-Liberaler, und ein kapitalistischer St. Paulianer (die gibt´s) ist eben kein sozialistischer FC-Bayern-Fan (die gibt´s auch).

Wenn Albert Einstein alle Zitate, die ihm zugeschrieben werden, wirklich gesagt hätte, wäre er kaum noch zum Forschen gekommen. Zitate im Internet sind zu 23,9 Prozent gelogen, habe ich im Internet gelesen. Einigermaßen glaubhaft hat Einstein diesen Satz gesagt: *„Ein Abend, an dem sich alle Anwesenden völlig einig sind, ist ein verlorener Abend."* Erst der dialogische Diskurs – oder wie wir einfachen Leute sagen: das Gespräch – gibt einem Abend und letztlich dem Leben Würze.

So bilden wir durch Kommunikation und dabei zwangsläufig entstehende Konflikte Einheiten, die sich einig sind: Vereine, Parteien, Arbeitsgruppen usw. Konflikte sorgen für Orientierung und schweißen Teams zusammen, weil man durch die Klärung von Unterschiedlichkeiten auf gemeinsame Nenner kommt. Ein gemeinschaftliches „Dafür" beinhaltet auch immer ein gemeinschaftliches „Dagegen". Es klingt paradox, aber ohne Konflikte gäbe es keine gesellschaftlichen Gemeinsamkeiten. Wir finden Positionen durch die sinnvolle Auseinandersetzung mit anderen Menschen, Ideen, Haltungen.

Wenn, ja wenn wir uns in Konflikten um einen vernünftigen Umgang bemühen und nicht in Muster verfallen, die eher ungeeignet sind. Aber was ist nochmal „vernünftig" in diesem Zusammenhang? Immanuel Kant, der Mensch gewordene Leuchtturm der Aufklärung, war so konfliktscheu, dass er seinen Geburtsort Königsberg (heute Kaliningrad) nie verlassen hat. In seinem 900-Seiten Wälzer „Die Kritik der reinen Vernunft" schrieb er: „Alles Interesse meiner Vernunft vereinigt sich in folgenden Fragen: Was kann ich wissen? Was soll ich tun? Was darf ich hoffen?" Ich hoffe sehr, mein bescheidenes Wissen gibt auf den folgenden Seiten Hinweise darauf, was Du in Konflikten tun könntest. Was Du sollst, kannst nur Du entscheiden. Schauen wir zunächst mal, welche Ressourcen wir im Gepäck haben.

Die fünf Konfliktstile

Wer heilt, hat recht. So simpel fasst mein Hausarzt seinen therapeutischen Ansatz zusammen, wenn mal wieder seine kinesiologischen und anderen alternativen Bemühungen veralbert werden. Es geht in sehr vielen Bereichen nicht um richtig oder falsch, sondern um wirksam oder unwirksam. Oder: Hilft das? Oder hilft das nicht? Ich würde nicht so weit gehen und auch Dieter Bohlen applaudieren, der meinte, Erfolg habe recht. Erfolg begründet sich auf das Erreichen einer Zielsetzung. Wenn das Ziel „hohe Chartplatzierung" und „hoher Umsatz" erreicht wird, kann es trotzdem passieren, dass ich die Musik eher niedrig finde und sie für mich keineswegs recht hat. Ich schreibe das deshalb, weil mir wichtig ist, in diesem Buch nicht recht haben zu wollen. Mir geht´s darum, Dir wirksam Wege aufzuzeigen, wie Konflikte nützen und weniger nerven.

Wirksamkeit bei der Vermittlung von komplexen Sachverhalten erfordert gelegentlich Vereinfachungen, damit diese leichter verständlich werden. Es ist müßig, einen Drittklässler mit dem Kategorischen Imperativ von Kant in seiner moralethischen Bedeutung und Auswirkung auf das Gedankengut der Aufklärung usw. zu konfrontieren. Der Satz „Was Du nicht willst, das man Dir tu, das füg´ auch keinem anderen zu!" ist da schon wirkungsvoller. Problematisch wird dieser Satz lediglich bei Masochisten.

Und so gibt es jede Menge Modelle und Methoden, die uns den Umgang mit einem Thema griffiger machen. Im Fußball und anderen Ballsportarten gibt es z.B. Modelle für die taktischen Grundausrichtungen. Aber sag mal einem Fußball-Bundesliga-Trainer, Du würdest sein 4-2-3-1-System für untauglich halten. Unsichtbar ballt sich seine Faust, sein Magen krampft, und eine Halsschlagader möchte zum Gartenschlauch anschwellen, was er professionell unterdrückt. Denn was wir furchtbaren Vereinfacher da mal keck ansprechen, lässt ihn tagtäglich grübeln und sogar nachts nicht schlafen. Seine spezialisierten

„4-2-3-1"-Überlegungen verhalten sich zu unseren Vereinfachungen wie Jurassic Park zu einem Streichelzoo.

Da ich gerade schon Einstein zitierte, leg´ ich direkt noch einen seiner klugen Sätze drauf: „Alles sollte so einfach wie möglich gemacht werden. Aber nicht einfacher!" Es gibt angeblich Leute, die können seine Relativitätstheorie auf einem Bierdeckel erklären – die lade ich hiermit herzlich zu einem Pils auf meinen Deckel ein. Ich kenne Menschen, die beschäftigen sich mit der Quantengravitation. Die sagen Sätze wie: „Eine singuläre Punktladung bedingt eine unendlich große, abschirmende virtuelle Teilchenwolkenladung!" Mit immerhin der Hälfte der Worte dieses Satzes kann ich was anfangen. Wir haben es hier mit einer Theorie zu tun, die die Quantenphysik mit der Relativitätstheorie vereinigen soll. Dieses hirnbrecherische Konstrukt ist übrigens ein Kandidat für eine sogenannte „ToE", eine Theory of everything, was nix anderes als die Weltformel ergeben soll. Wow! Toll! Aber auch die wird nicht erklären, warum der Pottwal so fett ist, obwohl Schwimmen doch schlank macht. Und jetzt kommt´s: Ich behaupte, die unendlichen Verhaltensmöglichkeiten im Konflikt sind in ihrer Komplexität keineswegs einfacher als die Quantengravitation. Denn die virtuelle Teilchenwolkenladung in einem handfesten Streit sollte niemals unterschätzt werden! Mein ehemaliger Physiklehrer würde jetzt mit Kreide nach mir werfen. Egal, ich bin jedenfalls auf den nächsten Seiten so größenwahnsinnig, die Komplexität zu reduzieren, also Schwieriges einfacher zu machen.

Wie wir uns im Konflikt verhalten, das hängt wesentlich von dem Verhältnis zweier Faktoren zueinander ab. Lass mich das in einem Koordinatensystem veranschaulichen:

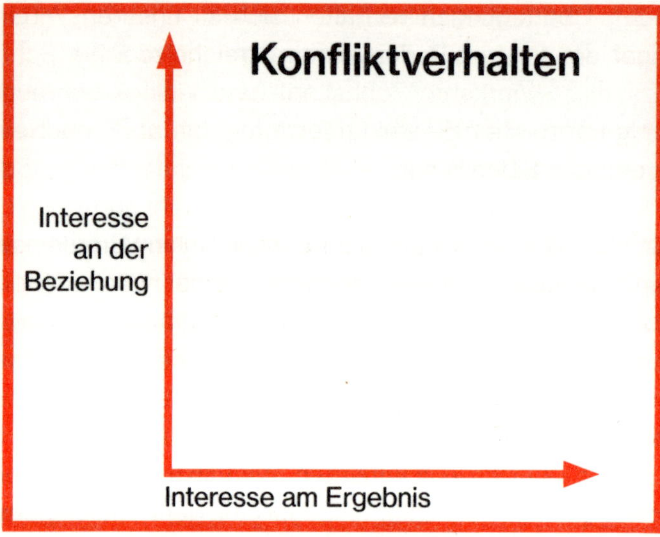

Auf der Y-Achse (ich musste googeln, welche welche ist) wird angezeigt, wie groß mein Interesse an der Person ist, mit der ich einen Konflikt habe. Wie wichtig ist mir diese Person, wie bedeutsam ist diese Beziehung für mich, wie stark fühle ich mich verbunden? Auf der X-Achse wird verzeichnet, wie groß mein Interesse am Ergebnis in diesem Konflikt ist. Wie wichtig ist mir ein bestimmtes Resultat, auch: Wie groß ist die Wahrscheinlichkeit, dass ich den von mir gewünschten Ausgang erreiche? Null heißt eben null, zehn bedeutet: Mehr wäre ziemlich ungesund. Dieses Koordinatensystem dient modellhaft zur Verdeutlichung, bitte mach Dir keine Gedanken darüber, ob ein Wert eher 7,3 oder 8,1 ist. Es geht hier um die Tendenz und die Verhältnisse der beiden Faktoren zueinander, die uns Aufschluss über mögliche Konfliktverhalten geben sollen.

Und jetzt kommt auch schon die gute Nachricht: Trotz der immensen Vielfalt an Verhaltensmöglichkeiten bleibt die Basis sehr übersichtlich. Das ist ungefähr so wie bei dem beeindruckenden Schraubenzieher-Set meines Freundes Bernd, genannt der Professor: Da gibt´s ungefähr so viele Schlitz-, Kreuzschlitz-, Vierkant-, Sechskant- und Vieleck-Schraubenzieheraufsätze wie Ameisen im Garten – aber am Ende bleibt´s eben ein Schraubenzieher.

Tatsächlich können wir uns die fundamentalen Verhaltensweisen im Konflikt an einer Hand abzählen, es gibt nur fünf. Wir können bei tieferer Betrachtung tausende von Mischformen entdecken, abgezockte Spielarten und knifflige Varianten. Sieh´s mal so: Die Elemente Sauerstoff, Wasserstoff, Kohlenstoff und Stickstoff bilden die Basis unseres Lebens, aus deren Verbindungen mit „kleineren" Elementen unendlich viele Variationen entstehen können. So bilden die fünf Konfliktverhalten, die ich gleich beschreibe, die Grundlage unserer Verhaltensweisen im Konflikt. Sie sind die Basis. Auf diesem Fundament wachsen alle Modifikationen, die wir in Stress- und Streitsituationen erleben. Also los, gucken wir uns die fünf Optionen mal etwas genauer an. Unsere wichtigste Überlebensstrategie in der Evolution, auf dem Weg von der Mikrobe zum Menschen, war die Flucht.

Flucht

Diese Basis-Strategie in der Entwicklungsgeschichte stammt aus der Erkenntnis: Wer nicht schnell genug wegkam, der kam weg. Die jugendlichen Primaten, die sich etwas zu lange zu überrascht mit dem angreifenden Leoparden beschäftigt haben, sind dann eben nicht unsere Vorfahren geworden. Flucht bezeichnet ganz allgemein eine Reaktion auf Gefahr, Bedrohung oder auch auf eine als unzumutbar empfundene Situation. Die Maus flieht vor der Katze ebenso wie der britische Barbesitzer in Kabul vor den Taliban. Die flüchtenden Ukrainerinnen 2022 zerrissen uns das Herz, wie Außenministerin Baerbock sagte.

Als einer unserer Urahnen vor 20.000 Jahren auf einen Säbelzahntiger traf, da war schon genügend Bregen über dem Hals, um sich zu fragen: Wie groß ist mein Interesse an der Beziehung zu diesem Viech? Die Antwort brauchte kein Überlegen: null. Der Säbelzahntiger ist ein schlechter Zuhörer, auch die schönen Höhlenmalereien und das Geflöte auf Schwanenknochen gingen der Steinzeitmietze gepflegt am Schwanz vorbei. Wie groß war dann das Interesse unseres Urahns am Ergebnis, wie groß war die Wahrscheinlichkeit, ein annehmbares Resultat zu erzielen? Auch simpel: null! Der Säbelzahntiger wollte ihn fressen, Kollege Lammfell war hoffnungslos unterlegen. Also kam unser Altvorderer zu dem lobenswerten Entschluss: Hau die Hacken in den Dreck, hau ab, nix wie weg! Das alles passierte ohne langes Nachdenken, instinktiv, intuitiv.

Wir alle kennen das: Lichtschnell ist sie da, die emotionale Ausnahmesituation. Dann schaltet unser Gehirn um auf Not-Betrieb. Dann ist keine Zeit für die Kür, dann greifen nur noch Basisprogramme. Und die stammen aus Zeiten, als uns Tiere begegneten, die uns schon lange nicht mehr erschrecken.

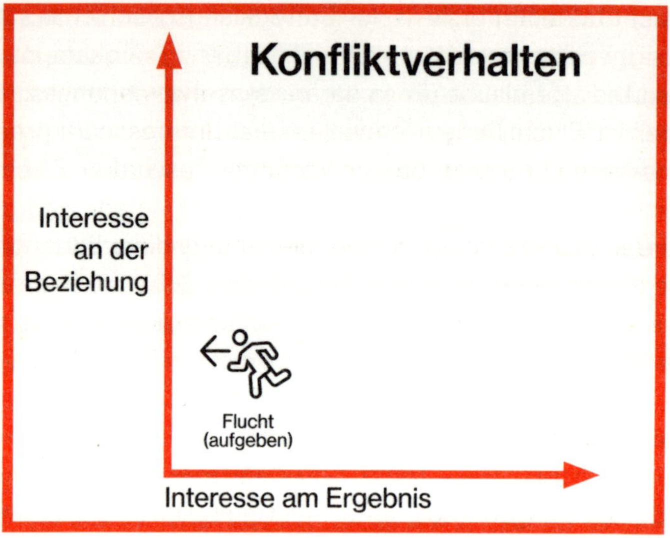

Wenn der Säbelzahntiger oder meinetwegen auch das Wollnashorn am Horizont auftauchte, dann setzte vor 20.000 Jahren ein körperlicher Prozess, ein physiologischer Algorithmus ein, der genau so seit Jahrtausenden bis heute funktioniert. Muskeln werden vermehrt mit Blut und Nährstoffen versorgt, der Blutdruck steigt, der Puls schnellt hoch, Adrenalin schwappt über, ein Feuerwerk der Hormone setzt ein. Also: Stress in Premium-Qualität. Dieses Programm läuft heute noch exakt so ab, wenn wir uns bedrängt, bedroht, hochgradig belastet fühlen. Wer unter Panikattacken leidet, kennt diesen Prozeß. Als Auslöser fungieren aber nicht mehr wilde Tiere, sondern oftmals schon vermeintliche Kleinigkeiten, die den Betroffenen stark zusetzen.

Flucht bedeutet erstens: kein Interesse (mehr) an der Beziehung, weil die sinnlos ist – ich sage lieber: zu sein scheint, denn als Mediator glaube ich ja daran, dass evtl. noch was zu machen ist. Flucht bedeutet zweitens: kein Interesse am prognostizierbaren Ergebnis, das gewünschte Resultat erscheint unerreichbar.

Der Säbelzahntiger schlägt heutzutage niemanden mehr in die Flucht (wenn doch, sind fragwürdige Substanzen im Spiel). Wir Menschen haben ihn vorsichtshalber ausgelöscht. König der Tiere sind schon lange wir, die am komplexesten entwickelte Form der Trockennasenaffen. Die Großkatzen, die uns über Jahrzehntausende zum Flüchten brachten, müssen schon lange vor uns das Weite suchen, das sie aber kaum noch finden. Denn wir sind ja überall.

Die verheerendsten Fluchtgründe heutzutage sind menschengemacht. Krieg, Hunger und Unterdrückung treiben die Menschen am effektivsten in die Flucht. Laut des Flüchtlingshilfswerks der Vereinten Nationen UNHCR befanden sich Mitte 2022 erstmals mehr als 100 Millionen Menschen auf der Flucht. Als Gründe werden hier *„Verfolgung, Konflikte, Gewalt, Menschenrechtsverletzungen oder ernsthafte Gefährdung der öffentlichen Ordnung“* genannt. Die Anzahl der Flüchtenden hat sich seit 2013 verdoppelt. Die Mehrheit flieht vor Umständen, die oft lebensbedrohlich sind. Während ich diese Zeilen schreibe, tobt ein Krieg in Europa, der russische Überfall auf die Ukraine. Millionen Frauen und Kinder fliehen, eine humanitäre Katastrophe. Entsetzliche Bilder haben sich bei uns allen eingebrannt.

Da wir schon in der Grusel-Abteilung sind, sei so gut und lass mich noch einen miesen Aspekt ansprechen: wenn wir als gesamte Menschheit in der Klimakrise weiter versagen, droht eine Eskalation der Flucht. Die Weltbank rechnet bis zum Jahr 2050 mit bis zu 216 Millionen Klima-Flüchtenden, die aufgrund von

Hitzewellen und Dürren, Unwettern und Überschwemmungen sowie vor allem dem Ansteigen des Meeresspiegels ein neues Zuhause finden müssen. Der Gedanke, dass Hannover irgendwann direkt an der Nordsee liegen könnte, hilft auch maritim gestimmten Kernniedersachsen nicht weiter.

Wir alle müssen also die Regierungen der wohlhabenden Nationen motivieren, die Flüchtlingsproblematik in den Griff zu bekommen, also zu be-greifen. Der UN-Flüchtlingshochkommissar Filippo Grandi beklagte immer wieder fast flehend, dass wir ein viel entschlosseneres Bestreben brauchen, Konflikte zu lösen, die jahrelang andauern und die Ursache vieler Fluchtbewegungen sind.

Und dann sind da ja noch die sogenannten „Wirtschaftsflüchtlinge“, ein Begriff, der immer wieder sehr konfrontativ diskutiert wird. Allein in Afrika sitzen zigmillionen Millionen Menschen auf gepackten Koffern – wenn sie denn überhaupt Koffer hätten. Menschen, die dringend aus ihrem gewohnten Umfeld verschwinden wollen, weil sie sich anderswo günstigere Lebensumstände erhoffen – flüchten die eigentlich? Ja klar, ein Blick auf die obige Grafik genügt: kein Interesse an der Beziehung – ihr Land bietet keine befriedigende Perspektive an. Kein Interesse am Ergebnis ihrer bestehenden Situation, die meist von Armut bis Elend geprägt ist.

Wer flüchtet, sieht keine zufriedenstellende Idee der Zukunft. Wobei wir nebenbei schon mal einen zentralen Begriff im Umgang mit Konflikten streifen. Die Idee einer oder auch keiner gemeinsamen Zukunft hat wesentlichen Einfluss auf unser Konflikterleben und Verhalten. Das Verhältnis zwischen unserem Urahnen und dem Säbelzahntiger hatte nur für einen von beiden die Aussicht auf eine befriedigende Zukunft – Tiger satt, Mensch matt.

Die Menschheitsgeschichte ist eine einzige Aneinanderreihung kleiner und großer Fluchten, von Moses Auszug aus Ägypten bis zum Rückzug meiner Frau aus dem Wohnzimmer, wenn ich Fußballspiele gucke; der Pokal hat tatsächlich seine eigenen Gesetze ...

Im Großen und Ganzen lässt es sich hier bei uns in Deutschland vergleichsweise angenehm leben, auch wenn einem Phänomene wie die Armutsentwicklung oder Hass und Hetze im (Internet-)Alltag übel aufstoßen. Aber wer von hier flieht, hat meistens keine existentiellen Probleme. Ich kenne einige Wetter-Flüchtlinge, die dann im Januar heulen, so wie auf Mallorca hätten sie noch nie gefroren: „Diese nasse Kälte, die kriecht einem ganz schlimm ins Gedärm!" Ich fühle mich jedenfalls hier sehr wohl, auch wenn Wohlstandsverwahrloste immer was zu meckern haben. Das muss so sein, das trägt langfristig zu Fortschritt und Entwicklung bei. Und es ist nebenbei TV-Sperenzchen wie „Goodbye Deutschland" dienlich. Auch wenn bei uns niemand fluchtartig aus dem Land getrieben wird, erleben wir täglich Klassiker der Flucht. Ganz weit vorne: die Kündigung! Der Job macht keine Freude und ist unterbezahlt. Das Verhältnis zu den Kollegen ist „so mittel, weißt Du ...", also mies. Kein Interesse an der Beziehung, kein Interesse am Ergebnis. Das Ergebnis schließt ein: keine Aussicht auf eine befriedigende Zukunft, also: Flucht, ich kündige! Fairerweise möchte ich erwähnen, dass auch Bosse fliehen: „Hallo, ich will den Chef sprechen!" – „Das geht nicht, der ist nicht da" – „Hä, ich hab´ ihn doch durchs Fenster gesehen!" – „Er Sie auch!"

Arbeitgeber schlagen gelegentlich Mitarbeitende in die Flucht, wenn sie diese kündigen. Das natürliche Ende einer Beschäftigung als Bundesliga-Trainer ist der Rausschmiss. „Er erreicht die Spieler nicht mehr.", „Uns fehlt der Glaube an eine Verbesserung mit ihm.", „Die Ergebnisse zwingen uns zum

Handeln!", hört man dann. Gemeint ist: Der Depp muss weg, weil mit ihm der Karren noch tiefer im Dreck versinkt.

Ein anderer Klassiker der Flucht ist die Scheidung. „Was reizt Dich an Deinem Mann? – Jedes Wort!" Die Beziehung ist im Eimer, und am Eimer besteht nicht das geringste Interesse. Loriot nannte die Scheidung „die Korrektur eines tragischen Irrtums", mein alter Kumpel Dirk wählte als Slogan für seine Rechtsanwaltskanzlei „zufrieden geschieden". Wie man´s auch betrachtet, die Scheidung ist immer die Absage an eine gemeinsame Zukunft, die Aufgabe einer schönen Idee, die dann offenbar mit dem Leben nicht vereinbar war.

Und dann sind da noch die vielen kleinen Fluchten: Das Meeting ist beendet, wir verlassen sofort den Raum, damit wir bitte nicht angesprochen werden und womöglich noch Fragen beantworten müssen. Ich bin dann mal weg! Aber nach dem Meeting ist vor dem Meeting ...

Bevor wir endgültig flüchten, bevor wir aufgeben, versuchen wir aber fast immer zu kämpfen, nur wenn es gegen den Säbelzahntiger oder Bayern München geht, kneifen wir lieber gleich den rudimentären Schwanz ein. Wenn die Wut aber viel größer ist als die Angst, dann pumpen sich die Wehrhaften auf. Die von Putin und seinen Schergen krass unterschätzte ukrainische Verteidigungsbereitschaft machte aus dem geplanten Blitzkrieg eine Abnutzungsschlacht. Damit sind wir beim nächsten grundsätzlichen Konfliktverhalten.

Kampf

Die Menschheitsgeschichte ist übersät mit Kriegen und gewalttätigen Auseinandersetzungen. Das Muster erscheint immer gleich: Die Beziehung ist wurscht, alles überragend ist der Wille, die eigenen Interessen durchzusetzen. Ohne Rücksicht auf andere, ohne Rücksicht auf Verluste.

Das macht auch das Wesen des Sports aus, der domestizierten Form der Schlacht. Da geht´s immer darum, sich durchzusetzen, zu gewinnen. Der Football Coach Henry „Red" Sanders hat bereits 1950, weit vor der Turbo-Kapitalisierung des Profi-Sports, einen Satz gesagt, der häufig fälschlicherweise Vince Lombardi, einer Lichtgestalt des Rasenschachs, zugeschrieben wird. Sanders brachte das ganze Drama sehr einfach auf den Punkt: *„Gewinnen ist nicht alles. Es ist das Einzige!"* So geht Profisport; ansonsten stimme ich ausdrücklich nicht zu. Im Sport geht´s ganz wesentlich darum, nach dem Match in der Kabine was zu lachen zu haben – das fällt leichter, wenn man gewonnen hat. Im Kern dient Sport der Fitness, körperlich und geistig, mit allen Old-School-Aspekten wie Persönlichkeitsentwicklung, Charakterschulung und – Unterhaltung.

Hunderttausende pilgern an jedem Wochenende zu Sportveranstaltungen. Die Lautesten von ihnen stimmen dann Gesänge an wie „Auf geht´s, (hier bitte Verein nach Wahl eintragen), kämpfen und siegen" oder auch „Wir wollen Euch kämpfen sehen...". Über den Kampf zum Sieg. Boris Becker war deshalb beliebter als Michael Stich, weil wir bei ihm den Kampf, auch mit sich selbst, mitfühlen konnten. Mühelose Sieger werden respektiert, aufopferungsvoll kämpfende Verlierer aber auch; Liebe und Bewunderung bekommen die, die sich vor dem Triumph „den Arsch bis zum Stehkragen aufgerissen" haben, wie mein Oppa Heinrich sagte. So stieg der blutende Bastian Schweinsteiger im WM-Finale 2014 zur Ikone auf.

Sport ist kaum denkbar ohne Konflikte – da wollen mehrere ein und dasselbe, nur eine/r kann´s kriegen, der klassische Zielkonflikt. Sport ist institutionalisierter Konflikt. Das wollen wir ja so, das macht die Faszination und den Spaß aus. Beim Kampf im Sport gibt es klare Regeln und Schiris (Hallo, Bibiana!), die für die Einhaltung sorgen; Sport ist Konflikt mit Trillerpfeife. Und in speziellen Fällen auch mit einem Monitor, irgendwo in einem Keller in Köln.

Im Alltag, auch ohne sportliche Ambitionen, kämpfen wir ebenfalls. Im Zwischenmenschlichen haben wir uns auf Regeln verständigt, die man im Strafgesetzbuch, im Bürgerlichen Gesetzbuch und in den Urteilen des Straf- und Zivilrechts nachlesen kann. Aber der Interpretationsspielraum ist riesig, dafür sorgen allein schon 165.000 Rechtsanwälte und -anwältinnen in Deutschland. In den alltäglichen Kämpfen, die außerhalb des strafrechtlich Relevanten ausgetragen werden, gibt es keine fixierten Regeln. Wie wir uns da verhalten, hängt ganz wesentlich ab von so schwammigen Begriffen wie Sitte, Moral, Ethik und dem sogenannten „gesunden Menschenverstand“, der übrigens ganz häufig genau damit nix zu tun hat.

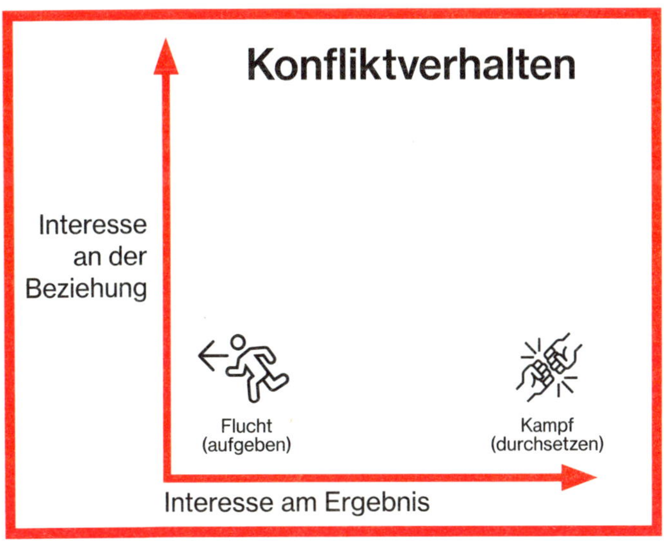

Wenn wir etwas gegen den Widerstand von anderen durchsetzen wollen, dann ploppt die Option auf, zu kämpfen. Diese Option wählen wir bevorzugt dann, wenn uns die Beziehung, die da berührt ist, ziemlich schnuppe bis völlig egal ist. Das Ergebnis, das wir durchsetzen wollen, überstrahlt dagegen alles.

Tausende von Scheidungsanwälten leben ganz prächtig von dieser Konstellation. Die Beziehung ist arg ramponiert bis hin zum Totalschaden, jetzt hat jede/r nur noch das Ziel, das Optimum für seine eigenen Interessen herauszuholen. Ich will das halbe Haus, die halben Kinder und den ganzen Hund. Das muss Ärger geben, aber der ist ja ohnehin schon ausreichend da.

Ich kenne Leute, die fast ihr gesamtes Leben „sportlich orientiert" eingerichtet haben. Sport als Spiegelbild des Lebens, ein ständiger Kampf um den eigenen Vorteil und Erfolg. Der orangene Mann, der vier Jahre lang das Weiße Haus so gräulich gemacht hat, gibt ein abschreckendes Beispiel. Donald Trump, das bezeugen viele seiner Spielpartner, stellt sich übrigens auch bei seinem Lieblingssport Golf als ein notorischer Schwindler heraus. Er soll mogeln, wo immer es passt und erweist sich auch da noch als unfair, ein Tabubruch im Sport. Trump und sein Klatschvieh bemühen sich unredlich, Lügen salonfähig zu machen, denn es handelt sich ja um „alternative Fakten".

Der Gerechtigkeitsfanatiker Albert Camus wurde weltberühmt als Literaturnobelpreisträger. Weniger bekannt sind seine enorme Fußballleidenschaft und die Tatsache, dass er ein passabler Torwart war, wie übrigens auch der russische Schriftsteller Vladimir Nabokov. An intellektuellen Tresen wird Camus gerne mit dieser Feststellung zitiert: *„Alles, was ich über Moral und Verpflichtungen weiß, verdanke ich dem Fußball."* Ein Fußballspiel verdichtet das Auf und Ab des Lebens mit allen emotionalen Ausschlägen in 90 Minuten, behaupten Leute, die den Sport zur großen Projektionsfläche der menschlichen Existenz „hochsterilisieren", wie der Trainer Bruno Labbadia sagen würde.

Der wesentliche Unterschied: Zwischen An- und Abpfiff regieren Kampf und Durchsetzungswille, davor und danach kann man sich prima verstehen. „Hinterher geben wir uns die Hand, und was auf dem Platz war, ist vergessen!"

Im echten Leben gibt es aber keine klar definierte Unterscheidung zwischen Wettkampfphase und Massagebank. Wenn im zwischenmenschlichen Bereich ständig gekämpft wird, dann leidet jede Beziehung darunter, früher oder später geht sie unter der permanenten Belastung kaputt. Jeder Kampf führt naturgemäß zu Gewinnern und Verlierern, Kampf produziert eine Win-Lose-Situation. Im Sport ist das verabredungsgemäß kein Problem, man weiß vorher, dass hinterher einer heult und akzeptiert das.

Im Alltagsleben finden wir es aber mehr als blöd und unsinnig zu verlieren. Wer geschlagen zurück bleibt, merkt sich das schmerzhaft, besorgt sich um die Ecke eine Keule und sinnt bei nächstbester Gelegenheit auf Revanche – man trifft sich ja immer zweimal im Leben! Oder sogar täglich im Haushalt oder Büro.

Kampf, der unbedingte Wille, sich durchzusetzen, mag die Essenz des Sports sein. Permanentes Gegeneinander in alltäglichen Lebensumfeldern führt aber zu einem dauerhaften Schlagabtausch, bei dem keiner der Beteiligten schadlos davonkommt. Auch die Amtszeit des selbsterklärten Dauersiegers Donald Trump endete mit einer satten Niederlage. Seine Weigerung, diese anzuerkennen, unterstreicht deutlicher als nötig: Niemand findet es o.k. zu verlieren. Flucht und Kampf hinterlassen aber immer Verlierer, weshalb das mit Abstand häufigste Konfliktverhalten im nächsten Kapitel beschrieben wird.

Totstellen

Ein Kampfsportlehrer sagte mir mal: „Erst, wenn eine Mücke auf Deinen Hoden landet, wirst du lernen, Probleme ohne Gewalt zu lösen." Eine Mücke kann man friedlich verscheuchen, viele Konflikte aber harren zäh aus. Und Gewalt ist eben auf Dauer keine Lösung, wie uns die Weltgeschichte im Allgemeinen und die „Der Pate"-Trilogie im Besonderen zeigen.

Manchmal ist die Flucht ausgeschlossen. Beispiel: Ich mag meinen Job nicht, brauche ihn aber dringend, um die Familie zu ernähren. Ich kann aber nicht kündigen, weil ich keine andere Option habe, Brötchen und die Butter drauf zu verdienen. Kampf ist auch ausgeschlossen, denn der nervige, ungerechte Chef sitzt an einem sehr langen Hebel von hier bis Meppen, nix zu machen. Wenn wir also Flucht und Kampf ablehnen (müssen), dann neigen wir in einem überragenden Anteil der Fälle dazu, uns einfach totzustellen. Wir wollen einen Verlust, eine Niederlage vermeiden, oft drücken wir uns auch schlicht vor der Auseinandersetzung, wir geben nach.

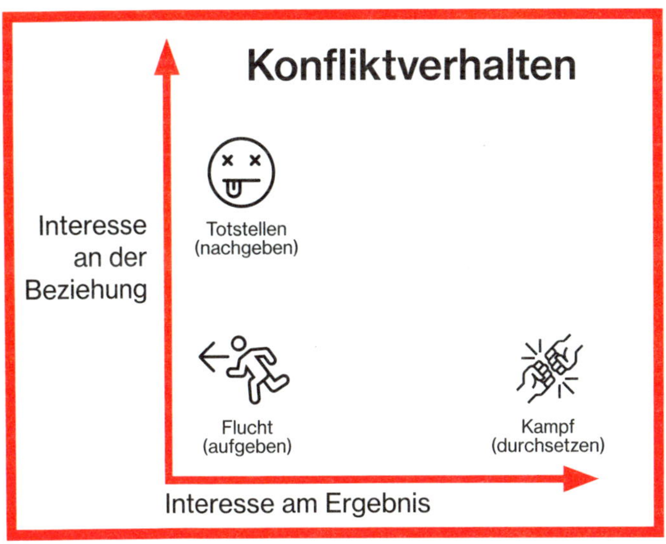

Die Beziehung ist deutlich wichtiger als das Ergebnis, die Beziehung steht im Vordergrund mit dem Ziel, den Konflikt kleinzuhalten. Hauptmotivation ist, die Eskalation abzuwenden. Nur nichts hochkochen lassen, nur keine Explosion riskieren! Was nicht sein soll oder darf, wird ausgeblendet. Das führt zu so nutzlosen Sätzen wie: „Jaja, Du hast recht, ich hab´ meine Ruhe!" Noch ein hilfloser Satz: „Mir egal, der Klügere gibt nach!" Nein, bitte nicht! Wenn die Klügeren ständig nachgeben, was passiert uns dann? Die Diktatur der Doofen! Das will hoffentlich außer ein paar sehr Doofen niemand.

Der Vogel Strauß und seine sprichwörtliche Politik helfen ebenfalls nur sehr bedingt weiter.

Wer den Kopf in den Sand steckt, verbessert die Aussicht nicht und bringt seinen Hintern in eine gefährliche Position. Auch die von Lothar Matthäus geäußerte Variante „Wir dürfen den Sand nicht in den Kopf stecken!" hat sich in der Praxis als untauglich erwiesen. Ich will aber zugeben, dass es, na klar, Situationen gibt, in denen man besser einfach mal die „Schnauze hält". Als ich bei der „comedy factory" auf ProSieben Quatsch machte, rüstige Rentner erinnern sich, kamen gelegentlich Menschen zu mir, die mich aufforderten: „Ey, erzähl doch mal ´nen Witz!". Ich fragte die Leute dann meistens, ob sie auch zu den Klitschkos gehen würden mit der Bitte, ihnen mal ordentlich aufs Maul zu hauen. Das kam nicht immer gut an. Manch einer erstarrte dann. Sich totstellen, regungslos bleiben, diese Haltung hat im englischsprachigen Raum die Bezeichnung „freeze" erhalten, also einfrieren, erstarren – das passt sehr gut.

Amerikanische Hundeforscherinnen haben übrigens bei ihren vierbeinigen Lieblingen noch eine interessante Variante beobachtet. Das sogenannte „fiddling" (wörtlich „Gefummel") bezeichnet eine aktive Form des Totstellens. Ich übersetze es mit „Herumalbern", eine lupenreine Übersprungshandlung. „Ach, ich weiß nicht, was ich machen soll, dann mach´ ich jetzt mal was ganz anderes". Sich rollen, die eigene Rute jagen, Buddeln, das sind nur einige Verhaltensbeispiele. Durch Albernheiten den Ernst einer Situation entwerten und abschwächen – das kommt mir ziemlich menschlich vor ...

Vorrangig neigen aber viele von uns dazu, im Konfliktzweifel einfach nix zu machen. Wir haben das ja alle schon erlebt und wenden es annähernd tagtäglich an. Wenn´s irgendwo zwischenmenschlich hakt, klemmt, zwickt, zwackt, haben die meisten eine einfache Strategie: „Hä? Is doch nix!" Und Chefs sagen häufig: „Will ich gar nix von wissen, den Käse sollen die mal hübsch unter sich regeln." Regeln die auch. Und dann zwickt und zwackt es irgendwann noch schlimmer. „Jetzt hört auf, euch zu streiten, ihr Rotzlöffel!" Schon im Kindergarten wirkt diese Intervention nicht, erst recht fruchtlos ist sie, wenn die Chefin versucht, per Anordnung einen Konflikt zu unterbinden. Die Wahrheit liegt auf der Hand: Wenn man den Brandmelder abstellt, ist das Feuer ja keineswegs gelöscht.

Ich muss zugeben, diese Haltung eignet sich gelegentlich ganz gut, um schlechte Phasen in der Kommunikation oder heftig aufgeladene Situationen zu beruhigen, zu entschleunigen. Die prompte, unmittelbare Reaktion tendiert ja dazu, einfach nur schnell, aber oft genug auch emotional überladen zu sein. „Du nennst mich Trottel? Selber Trottel, Du Trottel!" Im politischen Alltag erleben wir das Gegenteil ständig, einige Großpotentaten auch in der deutschen Geschichte haben daraus beinah eine Kunstform gemacht: Aussitzen! Ruhig Blut, das geht vorbei, nur nicht hektisch zucken. Eine Strategie, die bei Merkel und Kohl vermeintlich glimpflich ausging, bis Putin und seine Komplizen sie als untauglich brandmarkten. Wir waren gewarnt! Die Appeasement-Politik von Hindenburg, Chamberlain und Daladier tolerierte Hitlers Nationalsozialisten und führte damit im weiteren Verlauf zur bis heute schlimmsten Katastrophe der Menschheitsgeschichte, dem 2. Weltkrieg mit über 70 Millionen Toten. Es gibt immer Leute, die glauben, wenn man etwas ignoriert, dann geht es schon weg. Ich halte das für Unsinn. Wenn man etwas ignoriert, dann gewinnt es an Stärke. Der verheerende Aufstieg Hitlers hat das bewiesen. Putins Wutschnauben stieß in weiten Teilen der EU und USA auf annähernd taube Ohren, bis daraus Bomben auf wehrlose Menschen in der Ukraine wurden.

Kampf, Flucht und erst recht das Totstellen erwiesen sich stammesgeschichtlich als sehr erfolgreich, sonst hätten diese Verhaltensweisen kaum Jahrtausende im Repertoire des Homo sapiens überstanden. Ich will hier nicht verhehlen, dass es durchaus Menschen gibt, die mit diesen Verhaltensmustern sehr zufrieden beieinander sind. Der Autor und Paarberater Christian Thiel schildert in seinem Buch „Was glückliche Paare richtig machen" solche alternativen Ansätze. Er beschreibt Beziehungen, die sich so ganz anders verhalten, als es die meisten Paartherapeutinnen immer wieder empfehlen. Diese Duos diskutieren eher sehr selten über ihre Probleme. Einige von ihnen sind sogar erfolgreich unterwegs auf einem Weg, den Kommunikationsexpertinnen für verheerend halten: Sie gehen Konflikten einfach aus dem Weg. Aus eigener Anschauung weiß ich: In einigen solcher Beziehungen stecken nicht viel mehr Gefühle als in einer Dose Ravioli. Vielleicht ist man da auch einfach gerne gemeinsam alleine, und das ganz zufriedenstellend. Manche Konflikte müssen auch gar nicht geklärt werden, es reicht, übereinzustimmen, nicht übereinzustimmen und sich gegenseitig in Ruhe zu lassen. So lange niemand unter dem Dissens leidet, geht die Sache gut. Dann ist es egal, ob die Zahnpastatube in der Mitte oder am Ende ausgedrückt werden sollte.

Man darf es auch so sehen: Totstellen geht in Richtung Toleranz. Da existiert etwas, das uns nicht sonderlich gefällt, wir könnten uns theoretisch darüber beschweren. Meine Frau z.B. interessiert sich für Fußball so sehr wie der Ochse fürs Hammerwerfen. Ich aber liebe die Fußlümmelei und die ausschweifenden Abende mit Kumpels, dusseligem Gequatsche und der Erkenntnis „Bier macht keine Rotweinflecken". Meine Frau toleriert das, und zwar kommentarlos. Dafür begleite ich sie ohne Murren auf Spaziergängen durch den Hamburger Nieselregen, der einen immer frontal im Gesicht erwischt. Es is´, wie es is´.

Man muss nicht über alles diskutieren, „Worte zerstören, wo sie nicht hingehören", sang Daliah Lavi in den 70ern in jeder Fernsehshow von Alexander bis Thoelke – Wum und Wendelin werden sich erinnern. Tolerieren bedeutet wörtlich, etwas erdulden, ertragen, aushalten. Der gar nicht genug zu preisende Gerhard Polt bemerkte deshalb: Wer im Mittelalter heftig gefoltert wurde und das aushielt – mei, der war halt tolerant. Genau da hört der Spaß eben auf. Toleranz meint, wir können etwas, das wir nicht unbedingt feiern, ganz gut ohne Belastung ertragen. Wenn Toleranz nur unter Schmerzen aufzubringen ist, verfehlt sie komplett ihren Zweck. In jeder glückenden Beziehung halten die Partner aber Umstände gut aus, die sie per se eher weniger erbaulich finden. Diese Umstände nerven aber nicht so, als dass man sie zwingend thematisieren müsste. Toleranz meint eben auch, einfach mal was an und für sich vorbeiziehen zu lassen. Eine freie Gesellschaft braucht das. Der Freiburger Soziologieprofessor Albert Scherr erläuterte diese Notwendigkeit so: *„Zusammenleben ist ja keine Wohlfühlveranstaltung. Dazu gehört eben auch, dass andere Leute Dinge tun, die mir nicht gefallen müssen, aber zu ihren Freiheitsrechten gehören. Man muss die Unterschiedlichkeit schon aushalten können."*

Schwer auszuhaltende Konflikte bringen es mit sich, früher oder später bei Nichtbeachtung übel zu schmerzen. Ich kann es nicht oft genug schreiben: Wenn wir den Brandmelder abschalten, lodert es trotzdem weiter. In Tausenden von Firmen ignorieren Millionen von Mitarbeitenden Rauch und Feuer. Sie schieben schwer zu ertragende Situationen beiseite. Die Folgen habe ich schon im Kapitel „Konflikt & Co. – der größte Konzern der Welt" beschrieben.

Wir können es uns nicht leisten, Konflikte wegzuschieben, zu ignorieren. Das ist volkswirtschaftlich ein Desaster und zwischenmenschlich erst recht. Die drei bisher beschriebenen Konfliktverhalten Flucht, Kampf und Totstellen können wir uns auch nicht leisten, denn sie haben zwei gravierende Mängel.

Erstens regeln, klären, lösen sie keinen einzigen Konflikt nachhaltig. Da bleibt immer mindestens eine Unannehmlichkeit übrig, die früher oder später dann doch anfängt zu stinken oder zu schimmeln oder beides. Ein Beispiel: Der Ehemann, dem eine Frau durch Scheidung entfliehen wollte, ist auch Vater ihrer Tochter. Der erbitterte Kampf um Sorgerecht und Besuchszeiten bringt immer eine Niederlage für einen, meistens aber alle Beteiligte mit sich. Totstellen nützt nix, denn die Tochter hat ein Recht auf Zeit mit dem Vater, der ein Recht auf Zeit mit der Tochter hat. Man sollte sich einigen.

Zweitens sind Flucht, Kampf und Totstellen so antiquiert wie der Beruf des Saurierhufschmieds. Diese Konfliktverhalten bearbeiten wir Menschen mit dem Stammhirn. Dieser entwicklungsgeschichtlich bedeutsame Teil unseres Gehirns ist mindestens 250 Millionen Jahre alt, weshalb er auch als Reptilienhirn bezeichnet wird. Und da muss ich Dich fragen: fühlst Du Dich denn als Rotbauchunke? Lebst Du noch in einer Höhle?

Zeitweise, in bestimmten kurzfristigen Situationen, haben die drei Dinos unter den Konfliktverhalten durchaus ihre Berechtigung. Manchmal muss man kündigen, manchmal muss man sich scheiden lassen, und manchmal hält man besser einfach mal die Klappe. Auf Dauer und im Allgemeinen sind sie aber nicht zu empfehlen.

Es muss doch Konfliktverhalten geben, die vernünftiger sind, menschlicher. Natürlich gibt es die, das Schlüsselwort heißt Kooperation. Kooperation hat unsere Spezies zur Majestät dieses Planeten gemacht, zu den alles dominierenden Figuren. Das sah über sehr lange Zeit unserer Evolution ganz anders aus. Wir waren über Jahrzehntausende mittelmäßige Säugetiere. Wenn der Löwe ein Gnu gerissen hatte, dann haben wir uns brav in der Deckung zurückgehalten, haben auch noch das Resteessen der Hyänen abgewartet, in der Hoffnung, dass die uns was übriglassen. Meistens durften wir dann immerhin noch das Knochenmark auslutschen, eine Spezialität für unsere Uralt-Vorfahren.

Aber dann haben wir gelernt, zu kooperieren. Irgendwann sagte ein Altsteinzeitler zu seinem Kumpel: „Atze, warum jagt nur der Löwe das Gnu? Das können wir doch auch!" Atze stutzte und erwiderte: „Kann sein, Keule, aber dann kommt der Löwe!" Worauf sich Chantal einschaltete und vorschlug: „Dann komm ich mit und vertreibe mit Feuerfackeln den Löwen!" Seitdem wird gegrillt. So stelle ich mir das vor, Beweise dafür oder aber für ein völlig anderes Szenario sind mir leider nicht bekannt. Papa geht zur Jagd, Mama macht die Magd? Nö. Es gibt dagegen reichlich anthropologische Hinweise darauf, dass Frauen über Jahrtausende auch Jägerinnen waren, bevor die Sesshaftigkeit zur Spezialisierung führte. Der essentielle Entwicklungsschritt ereignete sich, als wir begannen, unser Vorgehen zu koordinieren, erst als Familie, dann als Sippe, als Stamm, als Clan usw. Heute freuen (und ärgern) wir uns über weltumspannende Kooperationen wie multinationale Mischkonzerne oder die Vereinten Nationen. Flexible Massenkoordination, so bezeichnet Yuval Noah Harari in seiner „Kurze Geschichte der Menschheit" unser absolutes Alleinstellungsmerkmal, unseren Supertrumpf – das hat uns Menschen auf den Thron gebracht. Kooperation ist der Schlüssel für den menschlichen Erfolg. Die Vorsilbe „Ko" weist auch im Ko-nflikt den meiner Meinung nach richtigen Weg auf, z.B. den Ko-mpromiss, um den es jetzt gehen soll.

Kompromiss

Ein Kompromiss ist eine gute Sache. Punkt. Ein Kompromiss entsteht durch eine Übereinkunft aufgrund von gegenseitigen Zugeständnissen. Da treten wir nicht mehr gegeneinander an oder scharwenzeln nebeneinander her, da geht´s in Richtung Miteinander. Da kommt man sich entgegen, da wägt man unterschiedliche Interessen ab, hier kriegst du was, da krieg´ ich was. In der mittelalterlichen Rechtsprechung wurde eine freiwillige Übereinkunft der Beteiligten auch Mutsühne genannt, denn man ging davon aus, des ein solches Verhalten ein gewisses Maß an Mut erforderte. Und an Köpfchen! Schon funkelt leuchtend hell das Großhirn durch, der Verstand wird angeknipst. Wenn wir Kompromisse suchen, dann verharren wir nicht mehr emotional übersteuert in den Stammhirn-Klassikern Kampf, Flucht oder Totstellen.

Es ist ein Ausdruck von Zivilisation, anderen nicht einfach mit einem Stück Holz eins überzubraten und sich dann zu nehmen, was man haben will. Viele kriegerische Auseinandersetzungen folgen aber in teilweise hochtechnologisierter Ausprägung exakt diesem Muster: „Ich gut, du doof, ich Keule, du Aua, ich Ätsch, Uga-Uga!“ Sehr viel kultivierter ist es doch, anzuerkennen, dass andere Menschen auch Rechte und Ansprüche, Bedürfnisse und Interessen haben. Im Versuch, einen Kompromiss zu erzielen, wird deutlich: Die Beziehung zur Konfliktpartnerin bedeutet mir etwas, gleichzeitig habe ich ein gehöriges Interesse an einem bestimmten Ergebnis in diesem Konflikt. Die Grafik rechts macht es deutlich: Der Kompromiss entschärft die Extreme.

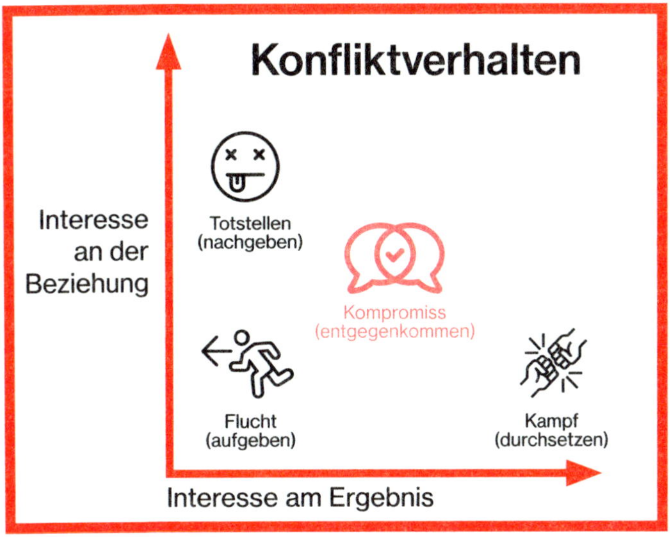

Man kommt sich also entgegen. Dabei kann man enorm viel Wegstrecke einsparen. Beim Kompromiss wird die Eiche zum Bambus, was für Holzhändler ein schlechtes Geschäft wäre, kommunikativ aber sinnvoll erscheint. Denn selbst wenn zunächst unbeugsam auf Positionen beharrt wird, kommt kompromissbereit eben Bewegung, Flexibilität ins Spiel.

Von einem der beweglichsten Schriftsteller, dem russischen Titan Fjodor Michailowitsch Dostojewski, wird der Satz überliefert: „Gehen sie geraden Weges, ohne Kompromisse im Leben." Meine Versuche, die genaue Quelle dieser Empfehlung herauszufinden, ergaben nix genaues. Zunächst glaubte ich, es müsse sich um ein Zitat aus „Der Idiot" handeln, weil ich es schlicht beknackt finde, bei aller Liebe zu diesem grandiosen Literaten. Als Quelle fand ich lediglich den Hinweis auf „Briefe"; ich vermute, Dostojewski schrieb ihn an jemanden, den er nicht leiden konnte.

Es gibt wahrscheinlich keine unglückseligere Marschrichtung als den geraden, kompromisslosen Weg. Kurzfristig mag das erfolgreich sein, langfristig läuft man eher mit Schmackes gegen die Wand. Für Kunstschaffende, für Maler oder Musikerinnen, kann Kompromisslosigkeit der Weg zum Erfolg sein: „Ich mach´ mein Ding, egal, was die andern sagen!“ Im zwischenmenschlichen Umgang aber isolieren sich die Hardcore-Dickschädel schnell. Kompromisslosigkeit ist der sture Bruder des Egoismus. Wem die anderen total schnuppe sind, der kann auf entgegenkommendes Verhalten verzichten. Aber selbst großartige Künstler haben drauf verwiesen, dass schnurstracks geradewegs falsch sein kann. Die gerade Linie führe zum Untergang, meinte der geniale Österreicher Friedensreich Hundertwasser. Gerade Linien sind unnatürlich, die Natur wächst krumm und schief.

Viele von uns haben das Bedürfnis, ihr Leben solle doch bitte hübsch linear von A nach B und dann nach C usw. verlaufen. Geradlinigkeit gilt manchen als Tugend. Schnell ergeben sich da Verwechslungen, gemeint sind oft Verlässlichkeit und Konsequenz. Ich meine, die Kurven, die Wendungen, die Umwege bringen doch erst den Schwung. Der Rhein mäandert schön, der Weser-Ems-Kanal schwappt dröge dahin. Nochmal Hundertwasser: „Die gerade Linie ist gottlos.“

Da ich schon bei Weisheiten für Küchenkalender angekommen bin, reiß ich noch ein Blättchen ab und siehe da, ein Sprichwort aus Jamaika: „Spinnen und Fliegen können keine Kompromisse schließen.“ Das stimmt, schon allein, weil man noch nie einen Dialog unter 14 Beinen gesehen hat. Ich erlaubte mir aber vorhin schon die Frage, ob Du Dich denn für eine Rotbauchunke hältst, ob wir uns mit all dem Bregen zwischen den Ohren immer noch wie niederes Getier benehmen möchten. „Nee, nä?“, sagt der Hamburger Eingeborene, der gnadenlose Kompromisslosigkeit lediglich bei der Frage HSV oder St. Pauli akzeptiert.

Der Kompromiss stellt den ersten menschlichen Weg im Konflikt dar. Trotzdem ist er nicht überragend beliebt. Ich erinnere mich an die Reaktion eines Achtjährigen, als ihm seine Mutter das bahnbrechende Modell des Kompromisses im Streitfall vorstellte: „Is´ doch blöd, dann hat ja keiner, was er will!“ Der Grund, warum sich viele nicht in den Kompromiss verlieben, dürfte in einer Erkenntnis liegen, die der niedersächsische Finanzminister Reinhold Hilbers nach einem Tarifkonflikt mal so ausgedrückt hat: „Wenn es beiden Seiten weh tut, ist es meistens ein guter Kompromiss.“ Wobei die Betonung auf „beiden Seiten“ und keinesfalls auf „weh tut“ liegt. Der ehemalige US-Außenminister Henry Kissinger hat schon Jahrzehnte vorher in die gleiche Kerbe gehauen: „Ein Kompromiss ist nur dann gerecht, brauchbar und dauerhaft, wenn beide Parteien damit gleich unzufrieden sind.“ Wie bei sehr vielen schlauen Sätzen ist das Copyright nicht verbrieft, denn die gleiche Aussage finden wir schon im 19. Jahrhundert, wenn der französische Politiker Aristide Briand sagt: „Ein Kompromiss ist dann vollkommen, wenn alle unzufrieden sind.“

Politiker und Politikerinnen sind professionelle Kompromissten. In Brüssel bei der EU knallen regelmäßig die Korken, innerlich tanzt man auf Tischen, wenn mal wieder ein Kompromiss gelungen ist. Mit Donald Trump ist einer derjenigen, hoffentlich dauerhaft, aus dem Amt getrieben worden, die sagen: Bei Kompromissen verlieren beide; wenn wir´s so machen, wie ich es will, verliert nur einer – das ist doch viel besser!

Das Wesen des Kompromisses macht eben aus, dass man sich aus starren Positionen aufeinander zubewegt und alle Beteiligten etwas im gerade noch erträglichen Maße aufgeben, nachgeben – und das zu beiderseitigem Vorteil. Gelegentlich entartet die hohe Kunst des Verhandelns zu einem Flohmarkt-Geschachere. Oder das eigentliche Ziel geht komplett verloren, und am Ende steht ein „fauler Kompromiss". Sie will essen gehen, er in die Sauna – sich dann in die Schwitzehütte eine Pizza liefern zu lassen, ist einfach keine gute Idee. Auch faul: Man hat sich fest vorgenommen, nach der Arbeit abends noch eine Runde zu joggen. Dann kommt man nach Hause, ist schlagkaputt – und rennt ... aber ins Bett. Eine De-Luxe-Variante des Kompromisses verriet mal die Fußball-Legende Uwe Seeler: „Meine Frau Ilka und ich haben uns ganz sauber geeinigt: Ich entscheide die großen Dinge und meine Frau die kleinen. Welche Dinge groß und welche Dinge klein sind, entscheidet meine Frau."

Oft entwickelt sich der Kompromiss zu einer Notlösung. Alle verlieren ja etwas, wie gesagt: Alle sind gleichermaßen unglücklich (außer bei Seelers, einem Paar, dass bis zu Uns Uwes Tod eine beispielhaft harmonische Ehe führte). Gelegentlich Oft ist ein Kompromiss auch schlicht nicht möglich: Sie wünscht sich unbedingt ein Kind, er ist dazu überhaupt nicht bereit. Wie sieht der Kompromiss aus? Halbschwanger?? Das wird schwierig.

Ein Kompromiss klappt nicht immer, ist aber in den meisten Fällen grundsätzlich eher möglich als unmöglich. Unmöglich enthält möglich. „Un" steht nur für „so nicht". Es gibt einen Weg, Du hast ihn nur noch nicht gefunden. Die Zauderer sagen: „Es könnte möglich sein, wird aber schwierig". Die Zauberer entgegnen: „Es könnte schwierig sein, ist aber möglich!"

Na klar, oft bleibt im Kompromiss ein ungutes Gefühl, vor allem bei denen, die meinen, sie hätten mehr gegeben als die andere Seite. Denn selten verlieren bei einem Kompromiss alle exakt gleich viel. Und „wir kommen uns mal auf halbem Wege entgegen" kann dann eben auch auf halbem Wege unbefriedigend versanden, manchmal ziemlich weit weg vom Ziel.

Aber bevor hier Zweifel aufkommen: Wir sollten den Kompromiss liebhaben Alle Beteiligten haben den Hintern hoch- und die Ohren aufgekriegt, sie beleuchten und verstehen idealerweise die Positionen der Gegenseite, man hat sich allgemein zurückgenommen und ist von den Maximalforderungen abgerückt. Der Kompromiss eignet sich tadellos, um schwierige Phasen zu überbrücken, die Beziehung aufrechtzuerhalten und einen Teil seines Ziels zu erreichen. Applaus! Da kannste nicht knurren.

Leider muss ich aber unterm Strich einen Satz unterschreiben, den der amerikanische Schriftsteller James Russell Lowell sagte: *„Ein Kompromiss ist ein guter Schirm, aber ein schlechtes Dach!"*. Irgendwann tropft es dann halt doch durch, und man kriegt nasse Füße. Klarer Fall von Kompromisskompromittierung (super Scrabble-Wort!). Dazu passend meinen Freunde des Sarkasmus auch, ein Kompromiss sei die Kunst, den Kuchen so zu teilen, dass alle glauben, sie hätten das größte Stück bekommen.

Die Krone der Kooperation sieht anders aus. Wie wäre es, wenn wir den Kuchen nicht nach der Größe der Stücke verteilen, sondern danach, wieviel Hunger gerade jeder am Tisch hat? Hier kommt – Trommelwirbel, Tusch – der klare Sieger im Wettbewerb um das beste Konfliktverhalten:

Konsens

Konsens bedeutet Übereinstimmung. Wie sehr ich den Kompromiss schätze, erwähnte ich ja bereits. Den Konsens als Top-Lösung kann man gar nicht überschätzen. Damit die Wogen der Begeisterung nicht überschwappen, fix ein kleiner Downer: es gibt ihn nicht als Schnäppchen. Was kostbar ist, kostet auch immer. Ein Konsens zum Nulltarif ist häufig Nonsens. Der Konsens kostet Zeit, Nerven und jede Menge guten Willen. Aber der Aufwand zahlt sich hochgradig aus. No pain, no gain, sagen die jungen Skateboarder, die in meiner Straße so unterhaltsam entgleisen. Von nichts kommt nichts, wusste schon der römische Philosoph Lukrez. Was ich meine: Wenn ihr einen Traumurlaub auf Mauritius machen wollt, müsst Ihr schon Eure Wohnung verlassen. Wenn Du ein Tor erzielen willst, musst Du den Ball wenigstens aufs Tor brettern. Könnte ja sein, dass er reingeht. Es lohnt sich.

Denn bei der Suche nach dem Konsens signalisieren wir: Wir haben ein hohes Interesse am Ergebnis und gleichzeitig ein großes Interesse an der Beziehung, die betroffen ist.

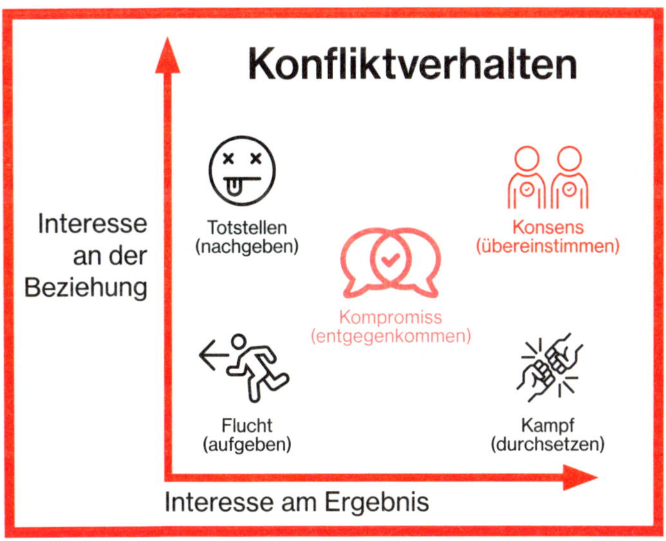

Wenn´s gut läuft, dann erzielen wir im Konsens ein für alle befriedigendes Resultat und verbessern auch noch eine Verbindung, die anderenfalls gelitten hätte. Die Lösung fühlt sich gut an, sie passt zu den Interessen und Bedürfnissen, das ist die vielbeschworene Win-Win-Situation.

Da ich mich in meinem Leben unverhältnismäßig viel mit Fußball beschäftigt habe, will ich mal eben zwei Beispiele zur Veranschaulichung des Konsens´ in die Waagschale werfen. Das erste stammt von meinem alten Freund Helmut Schulte, einem Mann, der als Trainer den FC St. Pauli, Dynamo Dresden und den FC Schalke 04 weitgehend unbeschädigt überlebt hat. Er hat mir verdeutlicht: Ein Fußballspiel kennt nur drei Ausgänge. Entweder wir verlieren, oder wir spielen Unentschieden, oder wir gewinnen. Innerhalb eines Teams gibt es drei grundsätzliche Verfahrensweisen. Wir können *gegeneinander* vorgehen – jeder denkt primär an sich und macht den eigenen Vorteil zur Richtschnur seines Handelns. Dann werden wir verlieren. Wir können *miteinander* agieren – alle schauen über ihren eigenen Tellerrand und behandeln sich als gleichwertige Partner, die ein gemeinsames Ziel verfolgen. Dann haben wir sehr gute Chancen, wenigstens Unentschieden zu spielen. Und wir können *füreinander* handeln – alle begreifen, dass das Team Vorrang vor allen Einzelinteressen hat und sind aktiv bereit, andere im Sinne der gemeinsamen Sache zu unterstützen. Dann erhöhen wir enorm die Wahrscheinlichkeit zu gewinnen. In einem Gewinnerteam bemühen sich alle um Konsens. Das bedeutet nicht Konfliktvermeidung um jeden Preis. Es darf gestritten und gezankt werden – aber immer mit dem Ziel, die gemeinsame Sache zu optimieren. Der ehemalige Bayern-Spieler Mario Gòmez hat es in einem Motivationsvideo der Münchner so ausgedrückt: *„Wir streiten darum, wer den Fehler des anderen ausbügelt.“*

Im Versuch, einen Kompromiss zu erzielen, agieren wir immerhin miteinander, bei der Konsenssuche steigern wir uns ins Füreinander. Hier kommt das zweite Fußball-Beispiel: Otto Rehhagel gilt ohne Zweifel als einer der erfolgreichsten Trainer der deutschen Fußballgeschichte. Er hat das unglaubliche Kunststück bewerkstelligt, mehrfach Deutscher Meister, Pokalsieger und Europacupsieger geworden zu sein – das aber eben ausnahmsweise nicht mit dem FC Bayern. Annähernd ein Wunder hat er vollbracht, als er 2004 Griechenland zum Europameistertitel coachte, ein Team, das damals ungefähr so große Titelchancen hatte wie die Taliban auf den Friedensnobelpreis. Aber das Unmögliche wurde möglich, auch weil Rehhagel ein Meister des Konsens´ war. Zwei Tage vor dem Halbfinale kam sein Kapitän Theodoros Zagorakis zu ihm und beschwerte sich über das schlechte Hotel der Spielerfrauen. Die Damen seien übelst genervt, sie überlegten abzureisen und gingen mit permanenten Beschwerden ihren Männern gehörig auf den Geist. Was sollte Rehhagel tun? Schauen wir uns mal seine Optionen an:

Flucht – „Das ist doch nicht mein Problem, das geht mich nix an, ich hab´ wirklich anderes zu tun!"
Kampf – „Bist du bekloppt? Bin ich euer Paartherapeut? Als nächstes muss ich euch noch ins Bett bringen. Hau ab mit deinem Weibergewäsch!"
Totstellen – „Ach, das ist ja doof, aber ich kann da wirklich nix machen."
Kompromiss – „Ja, das ist nicht gut. Sprich doch mal mit Delegationsleiter Diakopes, vielleicht fällt dem was dazu ein."
Konsens – „Das scheint ja echt ein Problem für euch zu sein. Wenn ein Hotelwechsel euch und den Frauen was bringt, dann kümmere ich mich darum. Hast du ´ne Idee, was können wir machen?"

Und genau so ging er dann vor. Er sprach mit anderen Spielern und erkundigte sich bei den Frauen, was die sich denn wünschten. Dann sorgte er persönlich dafür, dass die Spielerfrauen eine Etage im Spielerhotel bekamen. Die Damen waren zufrieden, die Herren Kicker auch, die Stimmung im ohnehin schon wegen des überraschenden Vordringens ins Halbfinale euphorischen Kader verbesserte sich weiter. Ob es zu nächtlichen Übergriffen kam (zu mir oder zu dir?), ist nicht überliefert, Fakt ist: Zwei Tage später zogen die Griechen ins Finale ein, wo sie Gastgeber Portugal mit 1:0 besiegten und eine der größten Sensationen der Fußballgeschichte schafften. Ich sag´s doch: Konsens gewinnt!

Beim Sport, das hatten wir ja schon, geht´s immer ums Gewinnen oder Verlieren. Bei der Suche nach dem Konsens wird genau das umgangen. Es macht keinen Sinn, sich zu verdrücken oder jemanden in die Flucht zu schlagen. Es führt nicht zum Ziel, die Augen vor dem Problem zu verschließen.

Bei der Konsenssuche geht es darum, sich die Bedürfnisse und Interessen aller Beteiligten vorzunehmen und klarwerden zu lassen. Wer will was? Nicht alle Mediatorinnen stimmen da mit mir überein, aber für mich gilt (fast) immer: Klarheit geht vor Harmonie. Sagen, was ist; raus damit. Solange die Interessen nach den Regeln der Genfer Menschenrechtskonvention geäußert werden, hat Klarheit selten geschadet.

Eine meiner Lieblings-TV-Serien ist „Modern Family“. Es geht um die Erlebnisse dreier verwandter Familien rund um den Senior Jay Pritchett, dargestellt von Ed O`Neill, der auch schon als „Al Bundy“ für erheblichen Spaß sorgte. Die Serie lebt ganz wesentlich davon, dass Klarheit vermieden wird. Die Umgehung von vermuteten Peinlichkeiten sorgt für reichlich Verwirrung und damit helle Freude – beim Zuschauen.

Im Kern braucht der Konsens vor allem die Bereitschaft, Verständnis für die Belange der anderen Beteiligten aufzubringen. Dabei muss klar sein: Verständnis heißt nicht Einverständnis! Manchmal ist es schon ein Fortschritt, darin übereinzustimmen, nicht übereinzustimmen und sich anzugucken, wo die Differenzen liegen. Ich verstehe Deine Ansicht, bin aber nicht damit einverstanden! Das gegenseitige Verständnis ist das Fundament, auf dem wir bei der Suche nach einer Lösung aufbauen können.

Wo liegt jetzt eigentlich der Unterschied zwischen Kompromiss und Konsens? Man kann es sich so vorstellen:

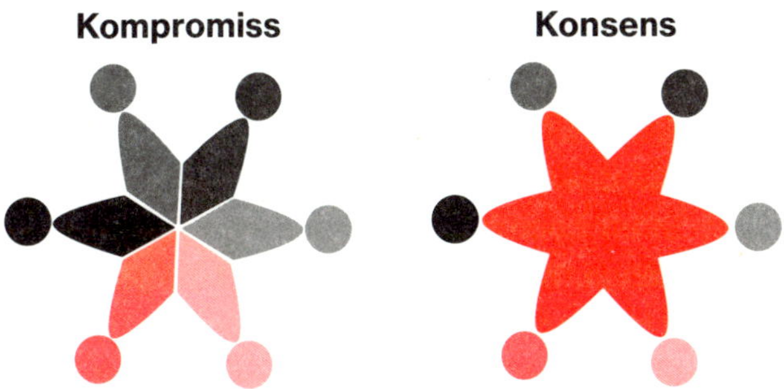

Beim Kompromiss ist die Lösung sehr häufig ein Flickenteppich aus lauter Einzelinteressen, der mit Verlusten auf allen Seiten zusammengeklöppelt wird und mit dem man sich halt arrangiert. Beim Kompromiss wird zwar immerhin eine gemeinsame Lösung angestrebt, sie macht aber sehr selten alle zufrieden. Beim Konsens wird zusammen eine neue Lösung entwickelt, die auf der Basis des Verständnisses der Interessen entsteht. Lass es mich schlicht sagen: weil man kapiert, worum es der anderen Seite geht. Der Kompromiss riecht nach Verzicht, der Konsens duftet nach Gewinn. Dazu braucht es zunächst mal Gesprächsbereitschaft. Die Suche nach dem Konsens erfordert von allen Beteiligten ganz sicher Reife und Reflexion und zusätzlich auch noch eine ordentliche Portion Kreativität. Braucht man dafür also einen Hochschulabschluss? Ach was. Guter Wille, Geduld und Einfühlungsvermögen sind gefragt. Die Idee der Konsenssuche besteht darin, dass schließlich eine Lösung gefunden wird, mit der ALLE zufrieden sind. Zufriedenheit ist übrigens die kleine, bescheidenere, aber bei genauerer Betrachtung mindestens genauso attraktive Schwester des Glücks.

Das klingt sehr theoretisch. Gehen wir´s mal praktisch an, mit dem legendären „Orangenstreit", der zum kleinen Einmaleins jeder Mediatorin gehört.

Emma und Paul brauchen beide eine Orange. Dumm leider, dass in der Küche nur noch eine liegt. Es kommt zum Streit.
Kompromiss: Messer her, Orange in der Mitte durchschneiden, bitteschön, Streit beendet. Emma und Paul bekommen beide eine halbe Orange. Wirklich zufrieden sind sie damit nicht. Sie haben nur zur Hälfte bekommen, was sie wollten (Verlust), aber die halbe Orange ist immer noch besser als nichts (Gewinn).
Konsens: Emma und Paul tauschen sich darüber aus, warum sie die Orange wollen, sie erklären die Hintergründe. Emma will sich ein Getränk mixen und braucht den Saft der Orange. Paul will Kuchen backen und braucht die Schale der Orange. Da nun beide die jeweiligen Beweggründe kennen, lässt sich eine Lösung leicht finden und beide sind zu 100 Prozent zufrieden. Paul erhält die Schale, Emma presst sich ihren Saft.

Sagen wir es, wie es ist: Der Konsens ist die Top-Lösung im Konflikt. Als bekennender Sportskamerad stelle ich mir die Lösungsmöglichkeiten im Konflikt stramm vereinfacht so vor: Flucht, Kampf und Totstellen führen zu Niederlagen. Mit dem Kompromiss erzielen wir immerhin ein Unentschieden. Wenn wir alle gewinnen wollen, dann sollten wir den Konsens anstreben. Der Sport lehrt uns, dass wir nicht immer erfolgreich sein können. Wir sollten es trotzdem immer versuchen. Der Sport ist ein Nullsummenspiel: Der Sieg der einen bedeutet die Niederlage der anderen. Aber Sport beruht auf Kampf, ein befriedigendes Leben strebt nach Konsens. Die Krisen der Demokratie, die wir seit einigen Jahren erleben, haben viel damit zu tun, dass Konflikte zu sportlich, eben volle Pulle kämpferisch, angegangen werden. Das Ziel eines Konflikts sollte nicht der kurzfristige, eigene Sieg sein, sondern eine gemeinsame, positive Entwicklung. Konflikte sind wie ein Auto, das wir benutzen, um an einen besseren Ort zu kommen; wir können immer entscheiden, ob wir fahren oder stoppen, ob wir beschleunigen oder bremsen.

Machen wir uns also auf den Weg, vom Konflikt zu einem Konsens zu finden. Welche Stationen sollten wir auf diesem Weg passieren? Was soll da passieren? Die Antworten will meine g.e.r.n.e.-Methode geben.

Die g.e.r.n.e.-Methode

Lösung ↑
Konflikt

Meine g.e.r.n.e.-Methode ist gedacht als Wegweiser. Wenn wir uns von A nach B bewegen, nehmen wir gerne die Hilfe eines Navigationsgeräts in Anspruch. Der Startpunkt ist klar, das Ziel genau definiert, die Maschine leitet uns auf dem besten Weg. Kommen wir von diesem Weg ab, bleibt die korrigierende Stimme des Navis gleichbleibend freundlich, egal wie idiotisch wir uns anstellen – „Bitte wenden". Toll! Leider gibt es diese Künstliche Intelligenz für unsere Bewegungen im Konflikt (noch) nicht. Es wird wohl auch dauern, denn bisher scheitern wir noch daran, KI mit dem vertraut zu machen, was eine Konfliktlösung braucht: Bewusstsein, Gefühl und Empathie.

Kann ja sein, dass eines fernen Tages hyperintelligente Mediationsmaschinen in der Lage sind, die passende Bedienungsanleitung, den optimalen Algorithmus für jeden Konflikt parat zu haben. Viel Glück! Vorläufig möchte ich jetzt gerne erläutern, welche Haltung mir hilfreich erscheint, welche Herangehensweise eine hohe Wahrscheinlichkeit hat, zum Konsens zu finden.

Also los, dann starten wir mal diese g.e.r.n.e.-Reise. Hier kommt die erste Station:

g.emeinsam

Gemeinsam bedeutet: zusammen, mindestens miteinander, idealerweise füreinander. Wie nützlich das ist, habe ich im letzten Kapitel erläutert. Nationalspieler Joshua Kimmich brachte es nach dem Champions-League-Triumph des FC Bayern 2020 auf den Punkt: *„Man hat bei uns das Gefühl, man spielt unter Brüdern, da steht eine Familie auf dem Platz."* Eine Familie im besten Sinne selbstverständlich, es gibt ja reichlich Sippen, in denen man sich untereinander nicht das Schwarze unter den Fingernägeln gönnt. Die sollten nicht Arzt oder Apotheker fragen, sondern eine Mediatorin!

Das Miteinander verhindert Niederlagen, das Füreinander führt zum Sieg. Dem Tenor Luciano Pavarotti applaudierte jahrelang ehrfürchtig ein kleines, feines Publikum in den Opernhäusern, seine Kollegen José Carreras und Plácido Domingo waren solo ähnlich erfolgreich, eben in der Blase der „ernsten Hochkultur". Als die drei aber gemeinsam als „The Three Tenors" auftraten, wurden sie Weltstars, die in Fußballstadien bejubelt wurden. Pavarotti zeigte zusätzlich in seiner Konzertreihe „Pavarotti & Friends", wie Klassik und Pop gemeinsam begeistern können. Das Wort gemeinsam stammt von dem Althochdeutschen *gimeinsam*, was so viel bedeutete wie „allen etwas zukommen lassen". Die negative Belegung des Wortes „gemein" entsteht durch die Betrachtung von außen, also von jemandem, der nicht gemeinsam mit den anderen sein durfte. In seinen Augen sind die dann gemein.

Die (Stein-)Zeiten des Gegeneinanders sollten wir überwinden, so ist nachhaltig nicht mal der legendäre Blumentopf zu gewinnen. Wie es anders geht, habe ich gerade wieder im Kindergarten beobachtet: Die Lütten streiten sich und spielen kurz danach wieder, und zwar gemeinsam. Glück ist ihnen wichtiger als Ego und Stolz. Die Sache hat allerdings den Haken, dass fast alle dieser kurzfristig beigelegten Kabbeleien immer und immer wieder auftreten – bei vielen bis ins Rentenalter ...

Damit keine Irritationen aufkommen: Im Wirtschaftsleben können nicht alle füreinander eintreten, da wird und muss es immer Wettbewerb, also Kampf, geben. Ein Anbieter wird sich mit seinem Produkt erfolgreicher am Markt durchsetzen als ein anderer – das nennt man aber eben auch nicht Konflikt, sondern Marktwirtschaft. Konfliktreich wird es, wenn gemeinsame Ziele wie z.B. der Klimaschutz von einem Anbieter sabotiert werden. Konflikte entstehen zwangsläufig, wenn es unfair wird, z.B. in Fällen von Grenzüberschreitungen wie Industriespionage oder Lizenzverletzungen.

Bevor ich jetzt in Kapitalismuskritik abrutsche, möchte ich auf ein Phänomen hinweisen, das in allen Wirtschaftssystemen, Religionen und ganz allgemein in Verbindungen von Menschen eine überragende Rolle spielt. Lösungen und Klärungen können nur dann zustande kommen, wenn wir eines ausschließen: bestimmte Personen oder Gruppen auszuschließen. Das hier führt immer zum Konflikt:

Du gehörst nicht dazu. Du bist keiner von uns. Aber auch: Zu Euch will ich gar nicht gehören. Ich kenne Leute, die leben seit 30 Jahren auf Mallorca, sprechen aber Spanisch wie jemand, der den „Hola, España!“-Anfänger-Volkshochschulkurs überwiegend geschwänzt hat. Integration ist keine Einbahnstraße. Sie braucht den Willen, sich mit anderen zu beschäftigen. Das Wort Interesse setzt sich aus dem lateinischen „inter“ (deutsch: zwischen, inmitten) und „esse“ (deutsch: sein) zusammen. Auf dem Boden des Desinteresses gedeihen besonders schöne Konflikte. In Palma wie in Neukölln. Oder es entstehen bravouröse Paradoxien, wie sie der Komiker Groucho Marx beschrieben hat: *„Ich möchte keinem Club angehören, der mich als Mitglied aufnimmt!“*

Natürlich kann nicht jeder überall dazugehören und bei allem mitreden. Wenn der Vorstand tagt, ist der Pförtner nicht gefragt. Aber wenn diskutiert wird, ob nachts ein Pförtner eingespart werden kann, dann sollten die, die es betrifft, selbstverständlich gehört werden. Zugehörigkeit hat viel mit Zuhören zu tun. Viele Streitigkeiten entstehen, weil einige zu viel reden und andere zu wenig zuhören. Wir haben zwei Ohren, aber nur einen Mund – merkste selber, nä?

Wenn Zugehörigkeit verweigert wird, wenn wir uns ausgeschlossen fühlen, reagieren wir hochsensibel. Die Gründe liegen wie so oft in unserer Evolution. Zu einer Gruppe zu gehören oder eben auch nicht, das bedeutete in unserer Stammesgeschichte: überleben – oder eben auch nicht. Ein klassischer Fall aus der Mythologie ist die Arche Noah. Wer vom großen Reiseleiter kein Ticket bekam, der ging unter. Aber auch an Bord dürfte es jede Menge Konflikte gegeben haben – was machen Biber und Spechte wohl im Holzboot? Sie befriedigen ihre Bedürfnisse, so wie alle Lebewesen. So weit bekannt, erledigen Tiere das überwiegend un- und unterbewusst, obwohl die Zahl der Studien zunimmt, die auch Tieren ein Bewusstsein attestieren. Wir Menschen haben unbestritten die segensreiche Möglichkeit, uns reflektiert, vor- und nachdenklich zu verhalten. Sehr viel läuft aber auch bei uns „tierisch“ ab, schließlich sind wir ja die am höchsten entwickelte Variante der Trockennasenaffen.

Überlebenswichtig für Dackel wie Mensch ist die Befriedigung unserer elementaren, physiologischen Grundbedürfnisse wie Essen, Trinken und Schlafen. Nein, am Smartphone daddeln gehört nicht dazu. Wenn der Körper bekommt, was er zum Überleben braucht, sorgen wir uns als Nächstes um Sicherheit. Wenn wir nicht um Leib und Leben fürchten müssen, wir uns also halbwegs geschützt fühlen, dann benötigen wir soziale Bindungen. Das empfindet auch der Dackel noch so. Wir brauchen Familie, Freundschaften, Teams. Nur der Westernheld reitet alleine dem Sonnenuntergang entgegen – aber wissen wir sicher, ob er nicht doch zu Mutti galoppiert? Wer jedenfalls Zugehörigkeit verweigert, baut zwangsläufig einen Konflikt auf. Aus „gemeinsam“ entwickelt sich ganz schnell „gemein“ und „einsam“. Bring doch mal Deinen Dackel ins Hundehotel, wo eine neurotische Dogge gerade einen ganz schlechten Tag hat. Da kommt Waldi aber nicht gut ins Gespräch.

Zugehörigkeit lindert oder verschärft Auseinandersetzungen. Wir kennen das alle noch aus dem Kindergarten, aus eigenem Erleben oder von unseren Kindern: Samantha Melody, Du musst unbedingt Jerome Hannibal einladen, bei dem warst Du doch auch zum Geburtstag! Die Nummer zieht auch bei Erwachsenen noch: Ladet doch zu Eurem nächsten Sommerfest die gesamte Nachbarschaft ein, nur die Krauses von gegenüber, die eben nicht. Da musst Du nie wieder nach einer Heckenschere fragen.

Nur gemeinsam geht´s! Diesen Satz haben wir in der Corona-Pandemie noch häufiger gehört als Karl Lauterbach in Talkshows gesehen. Gemeinsam! Zusammen! Leider hat das allzu oft nicht so wie gewünscht funktioniert. Was waren da für hanebüchene „Gespräche“ zu erleben. Da nölte Frau A Herrn B an:

„Du glaubst doch, dass das Virus nur ´n harmloser Schnupfen ist, du Covidiot!“ Darauf erwiderte Herr B: „Und du merkst überhaupt nicht, wie dich Medien und Regierung verarschen, du Schlafschaf!“

Da zuckte Frau A nur kurz: „Ach ja, vielleicht musst du mal deinen Aluhut abnehmen, damit du überhaupt was merkst, du Covidiot.“

Das wollte Herr B nicht auf sich sitzen lassen: „Du bist doch ´n links grün versifftes Schlafschaf, du Schlafschaf.“

„Covidiot!“ „Schlafschaf!“ „Idiot!“ „Schaf!“ „Ih!“ „Ah!“. Die Eselei wird gleich noch Thema.

Leider hören viele Menschen einander lieber nicht zu. Wenn sie sich zuhören, dann verstehen sie sich nicht. Und wenn sie etwas verstanden haben, dann vergessen sie es gleich wieder. Die Kommunikationsunfälle der Corona-Krise auf allen Ebenen, von behördlichen Verlautbarungen bis zum Telegram-Verschwörungswahnsinn, hier erläutern zu wollen, wäre so vermessen, wie ´ne Kneipe auf dem Mond zu eröffnen. Deshalb versuche ich es erst gar nicht. Stattdessen will ich mit zwei Eseln das Dilemma fast aller Konflikte verdeutlichen:

Das verhindert das Gemeinsame, das Zusammen, das Füreinander. Jeder denkt nur an sich, jeder hat nur sein eigenes Interesse im Blick. Wenn die beiden Streitesel nicht zusammenkommen, dann werden sie verhungern, immerhin gemeinsam. Das weiß auch der Geier, der da unten schon seine Kreise zieht. Wenn zwei sich streiten, freut sich ein Dritter, oft mögen wir den gar nicht gerne. Aber immerhin: Die beiden halten mal inne, setzen sich auf den Pöter und fragen sich: Hä? Was sollen wir denn tun? Sie sollten so vorgehen:

e.rgebnisorientiert

Ergebnisorientiert meint: Wir entwickeln eine Vorstellung davon, was wir uns wünschen. Nix durcheinanderbringen: Orientiert zu sein, ist etwas ganz anderes, als sich starr auf ein Ziel zu fixieren. Orientierung ist wahlweise ein Fernglas oder auch ein Mikroskop; Fixierung setzt Scheuklappen auf, das behindert die Sicht und sieht auch noch doof aus.

Was wünschen wir uns also, wohin soll die Reise gehen? Wenn wir in den Urlaub fahren wollen, dann haben wir eine Vorstellung davon, welche Richtung wir einschlagen, welche Vorlieben uns antreiben. Lieber am Meer in der Sonne braten oder doch eher durch die Bergwelt stapfen? Reicht es für ein 5-Sterne-Hotel, oder passt der Camping-Platz besser? Wollen wir uns überhaupt auf die Socken machen? Zu Hause ist es doch auch ganz schön, Viva Balkonia. Oder wie?

Eine Weltklasse-Band aus meiner Heimat Göttingen musikalisierte die ergebnisorientierte Haltung in einem feinen Song – gib einfach mal bei YouTube „ganz schön feist es ist gut" ein, dann bringt man Dich zu diesem Song. Der Refrain geht so:

„Es ist gut, wenn du weißt, was du willst.
Wenn du nicht weißt, was du willst, ist das nicht so gut."

So isses. Es ist schon mal gut, wenn man überhaupt einen Konflikt angehen will und nicht abwartet in der Hoffnung, das regele sich schon mit der Zeit. Tut es fast nie. Es ist gut, wenn man wegwill vom Konflikt, und es ist sogar noch besser, wenn man eine Vorstellung davon hat, in welche Richtung man wegwill.

Ein Beispiel soll das verdeutlichen: In allen größeren Unternehmen gibt es immer wieder einen strukturellen Konflikt. Den muss es geben, sonst läuft was gewaltig schief in diesem Betrieb. Ich meine den Dissens zwischen Controlling und Vertrieb. Stark verkürzt gilt: Im Controlling will man sparen, der Vertrieb möchte rausbuttern. Da prallen durch unterschiedliche Prioritäten und

Aufgaben widerstrebende Bedürfnisse und Interessen aufeinander. Wenn da Konflikte ausbleiben, hat mindestens eine Abteilung ihren Job nicht so ganz durchdrungen. Wenn zwei Leute immer derselben Meinung sind, ist einer von ihnen überflüssig. Winston Churchill wird dieser Satz oft zugeschrieben, sein Biograf Richard Langworth beharrt aber darauf, dass es für dieses Zitat keine Zuordnung gäbe – Du kannst also gerne behaupten, es stamme von Dir.

Zurück zum angesprochenen Dissens mit einem Beispiel: Ein tadellos erfolgreiches Unternehmen der Finanzbranche will sein Firmenjubiläum feiern. Der Vertriebschef ist kaum noch zu halten: „Da machen wir aber so richtig ´n Fass auf! Da mieten wir uns das Congress-Centrum, da laden wir alle unsere Kunden ein! Mit ´nem Granaten-Fünf-Gänge-Menü, wir ziehen uns ordentlich einen übern Knorpel, und abends, abends hat der Arsch Kirmes – da lassen wir uns die Lady Gaga kommen, und zwar im Kettenhemd!" Ein gewagter Plan, der naturgemäß bei der Leiterin des Controllings eher suboptimal ankommt: „Dem brennt ja wohl der Helm? Glaubt der, wir haben ´ne Bitcoin-Mine? Ich feilsche um jeden Dienstwagen, und der Vogel feuert die Kohle raus, als wären wir Amazon!"

Konflikt. Unterschiedliche Bedürfnisse und Interessen. Emotionale Belastung. Da muss man miteinander reden. Da ist sie wieder, die bereits erwähnte Geschichte: Mangelnde Kommunikation führt zum Konflikt, der nur durch Kommunikation gelöst werden kann. Reden hilft – aber nicht immer. Vertriebschef und Controlling-Leiterin liegen sich schon nach ersten flüchtigen Annäherungen gewaltig in den Haaren. Sie hält ihn für einen vergnügungsgeilen Prahlsack, er sieht in ihr eine verbrämte Spaßbremse. Wechselseitig wirft man sich vor, kleingeistig und außerdem borniert bzw. borniert und außerdem kleingeistig zu sein. Die Assistentin der Controllerin hat dann die gute Idee, bevor man sich Lady Gaga kommen lässt, erst mal eine Mediatorin einzuladen. Diese vermittelt dem streitbaren Paar einen der vielen sinnvollen Ansätze der Mediation: *„Ich zeige und erkläre Dir meine Wahrheit und Du zeigst und erklärst mir Deine Wahrheit, und dann versuchen wir, eine Brücke zu bauen."* Nachdem beide die eigene Sichtweise vertreten und die der anderen Seite verstanden haben, braucht es nur noch etwas guten Willen, um eine Brücke zu bauen, die für beide begehbar ist. Das „Feierbiest" aus dem Vertrieb durchdringt die Kostenfrage, die

„Trockenpflaume“ aus dem Controlling akzeptiert den tieferen Sinn der geselligen Ausschweifung. Beide finden zur jeweiligen Überraschung heraus, dass man die sachlichen Argumente der anderen Seite sehr fix als stichhaltig nachvollziehen kann, beide korrigieren ihre durch Vorurteile und mangelnden Austausch entwickelten Zerrbilder der/des anderen. Das Duo freundet sich zwar nicht an, gemeinsame Urlaube können ausgeschlossen werden – aber das ist ja auch nicht angezielt. Die Jubiläumsfeier wird für alle Beteiligten ein Kracher. Es geht halt nicht ins Congress-Centrum, sondern ins Hotel Maritim, in den großen Saal, nicht alle Kunden werden eingeladen, aber die wichtigsten Geschäftspartner kommen, ein feines Büfett stillt den groben Hunger, der sowieso schnell vergessen ist, weil ja reichlich Kölsch und Cocktails feilgeboten werden. Lady Gaga vermisst niemand, denn immerhin erscheint als Stargast zu späterer Stunde Andrea Berg, und zwar im Kettenhemd. Nebenbei: Ich bin froh, nicht in der Finanzbranche zu arbeiten.

Wenn du weißt, wo du hinwillst, wird es immer eine Möglichkeit geben, dich zumindest in diese Richtung zu bewegen. Wer an den Nordpol will, muss sich möglicherweise mit dem „Paris des Nordens“, Tromsø, der größten Stadt nördlich des Polarkreises, zufriedengeben. Erfrischend fußkalt im Gesicht fröstelt es einen aber auch da an.

Von entscheidender Bedeutung für jegliche Form von Zielerreichung ist der Wille, sich in Richtung dieses Zieles zu bewegen. Von ebenso großer Bedeutung ist es dann, wie wir mit den obligatorischen Hindernissen und Stolpersteinen umgehen. Mein Oppa Heinrich hat das so beschrieben: *„Wo ein Wille ist, ist auch ... immer einer im Weg!“* Wie kommen wir also mit denen klar, die uns da im Weg stehen? Zu einer nachhaltigen, befriedigenden Lösung kann es nur dann kommen, wenn wir die Interessen und Bedürfnisse, unsere eigenen und die der anderen, berücksichtigen. Damit sind wir bei der nächsten Station angelangt.

r.ücksichtsvoll

Rücksichtsvoll bedeutet: In unseren Überlegungen und unserem Verhalten be-rücksichtigen wir „die besonderen Gefühle, Interessen, Bedürfnisse, die besondere Situation anderer", schreibt der Duden. Oder einfacher: Wir benehmen uns nicht wie das Schwein auf dem Sofa und respektieren, dass andere anders denken oder fühlen als wir. Genau das steckt hinter dem lateinischen Wort „respektus": Rücksicht, Berücksichtigung.

Rücksicht bedeutet Wertschätzung, Anerkennung. Respekt dagegen verstehe ich eher als Anerkennung mit Bedingung. Viel zu viele Leute verlangen zu viel Respekt für gar nix. „Ey, zeig mal Respekt, ja!" Für was, dafür, dass Du atmest und verdaust? Ich glaube, Respekt muss man erwerben, dafür muss man mehr geben, als einfach da zu sein. Respekt leitet sich ab aus einer Handlung, aus einem Verhalten, das eine besondere Wertschätzung verdient. Ich könnte hier einen enormen Katalog herausragender Taten und Menschen auflisten, Willy Brandts Kniefall in Warschau, Edward Snowdens Mut, Malala Yousafzais Freiheitskampf ... dabei müssen wir gar nicht so weit schauen – hoch respektabel sind für mich auch der aufopferungsvolle Einsatz chronisch unterbezahlter Pflegekräfte oder die Leidenschaft meiner Tochter in ihrer Ausbildung.

Anerkennung und Wertschätzung aber sollten an keine Bedingungen geknüpft sein, niemand sollte aktiv dafür etwas leisten müssen. Es reicht, ein Mensch unter Menschen zu sein. Anerkennung und Wertschätzung haben auch nichts mit Lob zu tun. Lob ist eine spontane Beurteilung. Lob muss vor allem ernst gemeint sein. Wenn es nur als eine Plattitüde zur Verbesserung der Laune, ohne echtes Interesse daherkommt, wird es oft sogar als fehlende Anerkennung wahrgenommen. „Danke für die Präsentation. Da war viel Schönes dabei" könnte auch bedeuten: Ach herrjeh, das war ja ´ne ziemliche Grütze. Wenn Lob als strategisches Manipulationsinstrument entlarvt wird, dann geht der Schuss nach hinten los, Abteilung Bumerang. Eine besondere Stilblüte in diesem Zusammenhang liefern die Arbeitszeugnisse, die ein Arbeitgeber seinen Angestellten ausstellen muss und die keine negative Beurteilung enthalten dürfen. Ein komplexer Thesaurus ist notwendig, um in den Zeugnissen die positiv und lobend klingenden Formulierungen zu entlarven und die Aussage dahinter zu erkennen. Ihr wisst, was ich meine. Beispiel: „Mit seiner heiteren und geselligen Art trug er zur Verbesserung des Betriebsklimas bei". Also: Er hat gerne ordentlich einen verlötet und glänzte vor allem auf Weihnachtsfeiern.

Von den Konsens-Künsten des Trainers Otto Rehhagel habe ich schon berichtet, besonders eingeprägt hat sich bei mir ein Satz, den er häufiger gegenüber seinen Mannschaften äußerte: *„Als Spieler werde ich Sie immer kritisieren und auch in die Pfanne hauen. Aber als Mensch, als Mensch sind Sie mir heilig."* Auf der Sachebene, bei der Beurteilung von Leistungen, konnte er intern bös einschenken, auf der Beziehungsebene bemühte er sich aber um Harmonie. Im inneren Zirkel wurde Tacheles geredet, nach außen beschützte er seine Spieler fürsorglich, da wirkte eine Wagenburg-Mentalität als Brandmauer gegenüber der Öffentlichkeit und Journalisten.

Leuchtende Vorbilder haben auch die Potenz, abschreckende Beispiele zu geben: Im Umgang mit Journalistinnen zeigte sich Rehhagel leider gelegentlich eher rücksichtslos, so wie er allgemein Probleme im Umgang mit kritischen Medien hatte. Auf einer Pressekonferenz kanzelte er mal die Anwesenden rüde ab: „Ich beantworte nur Fachfragen." Daraufhin erinnerte sich ein Journalist daran, dass Rehhagel gelernter Maler und Lackierer ist und fragte: „Herr Rehhagel, Fachfrage: Mit welcher Farbe soll ich zu Hause meine Wände streichen?" Wer austeilt, muss auch einstecken, jede Rücksichtslosigkeit provoziert ein ebensolches Verhalten. Jeder, der im Verkehr schon mal den

Vogel gezeigt und daraufhin einen Stinkefinger geerntet hat, kann das bestätigen.

Die Hälfte von uns ginge doch schon am Stock, wenn wir im Straßenverkehr nicht rücksichtsvoll miteinander umgingen. Man kann noch so oft Vorfahrt haben, im Sarg bringt das nix. Im Verkehr habe ich dieses schöne Schild gesehen:

Bravo! Das ist mein Lieblingsverkehrsschild, das könnte die Schlagzeile für jeden Versuch einer Konfliktlösung sein. Gemeinsam mit Rücksicht, jawoll, so geht´s doch! Kleine Einschränkung: Ich sehe, wie fürsorglich hier die Frau das Kind bei der Hand nimmt, aber ich muss auch feststellen, wie halsbrecherisch die Radfahrer in die Fußgänger und Rollstuhlfahrer reinnageln. An der graphischen Darstellung muss noch gefeilt werden. Realistischerweise müsste da auch noch ein verlassener E-Scooter irgendwo doof im Weg rumliegen.

Rücksichtnahme im Straßenverkehr stellt ein Gebot dar, eine Rücksichtnahmepflicht ist sogar im Bürgerlichen Gesetzbuch festgeschrieben. Der Paragraph 241 regelt das. Ich bin zwar seit Geburt Richter, möchte Euch aber nun wirklich nicht mit juristischen Feinheiten belämmern. Nur so viel: Hier werden Vertragspartner zur Rücksicht auf Rechte und Interessen des anderen Teils verpflichtet.

Rücksichtslosigkeit führt annähernd gesetzmäßig zu Konflikten. Rücksichtslosigkeit verweigert Anerkennung und Wertschätzung, was unweigerlich zu verletzten Gefühlen führt.

Wer sich aber rücksichtsvoll zeigt, kann sogar zu Held oder Heldin werden. Der bereits erwähnte Joshua Kimmich erhielt 2020 den Fairnesspreis des Deutschen Sports, weil er gemeinsam mit Kollege Leon Goretzka die Initiative „We kick Corona" ins Leben rief, eine Hilfsaktion, mit der Spenden für von Corona besonders hart getroffene Menschen gesammelt wurden. In der Begründung für die Preisvergabe stand: *„Leon Goretzka und Joshua Kimmich sind nach eigener Aussage ‚nicht nur Nationalspieler, sondern Teil unserer Gesellschaft, die mehr denn je aufgefordert ist, zusammenzuhalten und Verantwortung zu übernehmen'. Mit #wekickcorona haben sie bewiesen, dass junge Profifußballer auch bereit sind, für die Gemeinschaft einzutreten."* Das meint doch, rücksichtsvoll zu sein. Applaus von allen

Rängen. Ein Jahr später stand derselbe Joshua Kimmich als rücksichtloser Banause am Pranger, weil er, zweifellos schlecht beraten und fehlinformiert, ungeimpft den Zweikampf mit dem Virus bestreiten wollte. Wie sich herausstellte, verlor er ihn kurz darauf und stand den Bayern in wichtigen Spielen nicht zur Verfügung. Man mag das doof nennen, aber das Recht auch aufs „Doofsein" stellt ein wichtiges Gut in einer Demokratie dar. Die Rücksichtslosigkeit, mit der einige seine Meinungs- und Entscheidungsfreiheit einengten, symbolisierte ein weiteres bemerkenswertes Paradoxon dieser Pandemie.

Die Corona-Krise zeigte sich in weiten Teilen auch als eine Rücksichtskrise. Wieviel Rücksicht nehmen wir auf Impfgegner und Maskenmuffel? Wie weit lassen wir uns von einer im Vergleich zur Gesamtgesellschaft eher kleinen Gruppe einschränken? Was entgegnen wir Menschen, die sich in einer Diktatur wähnen, die sich mit Sophie Scholl vergleichen, die geschichtsvergessen einen Judenstern vergewaltigen, ein Symbol niederster Unmenschlichkeit? Diese und damit zusammenhängende Fragen und mögliche Antworten werden noch jede Menge Bücher füllen, aber jetzt nicht dieses hier. Nur: Egal, wie wir reagieren, wenn wir uns rücksichtslos verhalten – ohne Anerkennung der besonderen Situation Andersdenkender, so beknackt sie uns auch erscheinen –, werden wir scheitern, auf allen Ebenen. Bundespräsident Steinmeier weiß das. Ende 2021 ärgerte er sich über Impfverweigerer und ging diese frontal an: *„Was muss eigentlich noch geschehen, um Sie zu überzeugen? Sie gefährden uns alle!"* Wenige Wochen später machte er deutlich, dass ihm aggressives Unverständnis weniger sinnvoll erscheint als der Versuch eines Dialogs. Er lud Bürgerinnen und Bürger ins Schloss Bellevue ein, um über die Impfpflicht zu diskutieren, es waren ausdrücklich auch Ungeimpfte erwünscht. Wir müssen bei allen Bemühungen berücksichtigen: Nicht jeder

Dialog klappt. Macht nichts, Mund abputzen, weiter versuchen. Der Regenwurm braucht Dutzende von Stromstößen bis zu einer Verhaltensänderung, auch viele unserer Mitmenschen benötigen etwas länger, um andere Ansichten gelten zu lassen. Und manchmal können oder wollen sie einfach nicht – wir sollten Rücksicht darauf nehmen, dass sie ein Recht dazu haben, ob uns das nun passt oder nicht. Das nennt man freiheitlich-demokratische Grundordnung.

Rücksichtsvoll zu sein, bedeutet eben auch: Wir kümmern uns um Gerechtigkeit, das ist die Mutter der Fairness. Gerechtigkeit ist höchst subjektiv und in alle Richtungen verhandelbar. Wenn sich jemand ungerecht behandelt fühlt, führt dieses Gefühl fast immer zu einem Konflikt.

Im Laufe der Evolution haben wir ein Feingefühl für Gerechtigkeit entwickelt. Kooperatives Verhalten konnte sich erst als gut und nützlich erweisen, als klar wurde, dass das Teilen für die Gruppe und den Einzelnen vorteilhaft ist. Alle profitieren von Gerechtigkeit, deshalb ist das Gerechtigkeitsempfinden die Grundlage für eine ganze Reihe von Systemen in der menschlichen Gesellschaft. Das lässt sich in Kindergartenstreitereien genauso verfolgen wie bei Auseinandersetzungen zwischen Weltmächten.

Wir erleben es selber ständig im Alltag: Wenn das Gleichgewicht von Geben und Nehmen empfindlich gestört wird, gibt´s Ärger. Wenn Du zu einer Party eingeladen bist, dann bringst Du doch auch ein Sträußchen Blumen mit oder eine schöne Flasche Klosterfrau Melissengeist. Oder so. Mein Oppa Heinrich hat uns schon sehr früh klargemacht: *„Nie mit leeren Händen kommen. Und nie mit leerem Magen gehen!“* Geben und Nehmen. *„Do ut des“* nannte man das schon in der römischen Antike, meint: Ich gebe, damit du gibst. Gegenseitigkeit stellt eine grundlegende Strategie sozialen Verhaltens dar. Schon in der Antike brachte man den Göttern Opfer dar und erwartete dafür eine Gegenleistung – reiche Ernte, Jagdglück, Gesundheit. Heutzutage wird wenig geopfert, die Enttäuschungen über total unzuverlässige Götter frustrierten dann doch zu sehr.

Das Bedürfnis, anständig, fair, gerecht behandelt zu werden, ist im Zuge des Humanismus, erst recht mit fortschreitender Demokratisierung, immer größer geworden. Das Gleichheitsrecht in unserem Grundgesetz betont, dass alle Menschen gleichbehandelt werden. Aber schon George Orwell schrieb in seiner ziemlich beunruhigenden Fabel „Die Farm der Tiere", die 1945 erschien: *„Alle Tiere sind gleich. Aber manche sind gleicher als die anderen."* Das ist des Pudels Kern, das ist die Basis für alle Spielarten der Diskriminierung. Im Kapitel „g.emeinsam" habe ich ja schon beschrieben, wie mies die Verweigerung von Zugehörigkeit Konflikte antreibt. Ungerechtigkeit ist ein mindestens ebenso wirkungsvolles Gift, erst recht kombiniert mit dem Ausschluss. Im Wirtschaftsleben erleben wir das Prinzip „Geben und Nehmen" als Ausgleich von Leistung und Lohn. Wenn Unfairness, also Rücksichtslosigkeit, somit die Verweigerung von Anerkennung und Wertschätzung, ins Spiel kommen, brodelt die Konfliktsuppe schnell Richtung Überkochen.

Wir haben da im Laufe der Evolution feine Antennen ausgebildet. Wir haben ein Urbedürfnis nach Gerechtigkeit, z.B. Soziologen und Neurobiologen konnten das in Dutzenden von Studien nachweisen. Dieses Urbedürfnis liegt uns in den Genen, sogar in den Genen unserer sehr, sehr alten Vorfahren. Der holländische Verhaltensforscher Frans de Waal hat das eindrucksvoll in einem amüsanten Experiment zusammen mit seiner amerikanischen Kollegin Sarah Brosnan bestätigt. Google mal „Frans de Waal Affen Gerechtigkeit", und lass Dir vom Meister selbst diesen Versuch erläutern. Ich fasse ihn hier kurz zusammen:

Zwei Kapuzineraffen sitzen in getrennten Käfigen und sehen, was beim anderen geschieht. Ihre Aufgabe: Gib einen Stein, der in den Käfig gelegt wird, zurück. Dafür erhalten sie jeweils eine Belohnung. Der eine Affe bekommt für den zurückgegebenen Stein eine Gurkenscheibe, der andere eine rote Weintraube. Du ahnst schon: der eine dreht regelrecht durch, nachdem er realisiert hat, dass der andere für die gleiche Tätigkeit viel attraktiver belohnt wird. Er bewirft die Versuchsleiterin sogar mit den ungeliebten Gurken.

Wer Ungleichheit sät, wird ein Affentheater ernten. Über eine Gehaltserhöhung von 200 Euro freust du dich nur solange, bis du feststellst: Die Kollegin von nebenan, die genauso lange im Betrieb ist wie du, die die gleiche Tätigkeit ausführt, bekommt aber 300 Euro mehr. Da wirst du lichtschnell zum Kapuzineraffen.

Zu Beginn schrieb ich schon: „Konflikt & Co." ist der größte Konzern der Welt. Jetzt kennen wir auch den Vorstand, die Leid- und Leitzentrale. Die besteht aus drei fiesen Typen, die klare Kernkompetenzen haben und diese enorm effektiv einsetzen.

Typ 1 verweigert Zugehörigkeit und schließt Leute aus Gruppen und Teams aus, manchmal nur durch Tratschen, manchmal durch klare Entschlüsse, wer dazugehört und wer eben nicht.
Typ 2 kümmert sich darum, Anerkennung und Wertschätzung völlig unklar zu verteilen oder einfach zu unterbinden.
Typ 3 kennt alle Wege und Methoden, um Gerechtigkeit zu verhindern.

Alle drei haben erstklassige Diplome summa cum laude in „MAD": Missachtung, Abwertung, Diskriminierung. Das qualifiziert sie herausragend, „Konflikt & Co." hochprofitabel am Laufen zu halten. Ihre mächtigste Gegenspielerin: das „Team Rücksicht". Wenn Du Konflikte verhindern oder lösen möchtest, solltest Du Dich unbedingt diesem Team anschließen. Es wird immer Rückschläge geben, aber auf lange Sicht bist Du damit auf der Siegerstraße.

Jetzt kann es Dir passieren, dass Du beim Versuch, einen Konflikt zu klären, mutmaßlich sehr viel richtig machst. Du gehst die Sache mit Deinen Mitstreitern gemeinsam an, wer was beizutragen hat, wird gehört. Check. Ihr seid ergebnisorientiert unterwegs und habt jeweils Vorstellungen, was Ihr erreichen möchtet. Check. Ihr verhaltet euch rücksichtsvoll, die Bedürfnisse und Interessen kommen zur Sprache, und das in einer wertschätzenden Atmosphäre. Toll, schon wieder Check. Aber irgendwie stockt es, Ihr kommt nicht wie gewünscht voran. Eine Lösung ist zu ahnen, aber nicht zu greifen.

Dann kommt eine Haltung ins Spiel, ohne die wir nicht wären, was wir sind. Als im Raumschiff Enterprise das alte Spitzohr Mr. Spock gefragt wurde, warum Menschen trotz all der unbekannten Gefahren in den Weltraum fliegen, antwortete er kaum fasziniert: „Neugier, nichts als schiere Neugier!“

n.eugierig

Neugierig meint: sehr daran interessiert sein, was es außer dem Bekannten sonst noch so gibt und – fast noch wichtiger – geben könnte. Neugierde verhält sich zu Interesse wie Liebe zu Sex – da besteht eine höhere Intensität und Tiefe.

Neugierde ist leider schlecht beleumundet: der Blick durchs Schlüsselloch, das Herumschnüffeln in Privatangelegenheiten, die sensationslüsterne Zurschaustellung von Prominenten im Fettnapf oder sogar im Skandalpool ... Medien leben von Neugier. Das ist ihnen nicht vorzuwerfen, denn Neugier gehört zur Grundausstattung der Natur.

Man weiß nicht, was der erste Mensch vorhatte, der herausfand, dass aus den Euterzitzen von Kuh, Schaf und Ziege das rauskommt, was wir Milch nennen. Aber dieser neugierige Mensch machte sich bestimmt eine Menge Freundinnen und Freunde mit seiner Entdeckung, das die nicht nur trinkbar war, sondern auch noch zu Butter, Käse, Quark und später zu Crème brûlée verarbeitet werden konnte. Neugierde war und ist essentiell in der Geschichte dieses Planeten, erst recht in unserer Menschheitsgeschichte. Und sie bleibt bedeutsam in einer Welt, die sich rapide entwickelt und verändert.

Unternehmen mit einer unterentwickelten Kultur der Neugier stehen schnell im Abseits. Motorola, BlackBerry und vor allem Nokia haben über Jahre die Telekommunikation geprägt, heute sind sie alle gefallene Engel. Die Neugier eines Steve Jobs führte 2007 zum ersten iPhone, dessen Design bis heute für die gesamte Industrie leitend ist. Die mangelnde Neugier ließ den Giganten Nokia schrumpfen. Viele wunderbare Innovationen sind verpennt worden, weil es an Neugier fehlte, weil Menschen gleichgültig auf bestimmte Reize reagierten. Gleichgültigkeit, das Gegenteil von Neugier, lässt einen gemütlich auf dem Sofa vor dem TV abschimmeln, was ja nicht grundsätzlich verkehrt sein muss. Aber schon die Fernbedienung ist ein Instrument der

Neugier: Was gibt´s denn auf anderen Kanälen? (Kleiner Musiktipp am Rande: Bruce Springsteen – 57 Channels (and nothin´on))

Damit sind wir in der Welt des Entertainments. Die Neugier sprießt durch Geheimnisse und Rätsel. Wir folgen neugierig der Handlung von Geschichten, weil wir wissen wollen, wie es weitergeht. Der überragende Erfolg von Netflix-Serien wie „Breaking Bad“ oder „Haus des Geldes“, die Millionen über mehrere Staffeln in den Bann zogen, beruht schlicht auf Neugier. Das ist die passive Variante. Im aktivierenden Modus verändert Neugier die Welt. Der Antrieb, mehr zu erfahren, Neues kennenzulernen, ist der fruchtbare Nährboden, auf dem Wissen, Erlebnisse und Fähigkeiten aufblühen.

In der Evolution haben sich die Neugierigen fast immer gegenüber den weniger Interessierten, den Gleichgültigen durchgesetzt. Einzelfälle wie der junge Ikarus, der der Sonne zu nah kam, stellen tragische Kollateralschäden dar. Der frühe Tod von Jimi Hendrix, Kurt Cobain, Amy Winehouse und anderen Mitgliedern des „27 Club“ sollte niemanden davon abhalten, die schönen Künste voranzutreiben. Ich bin jetzt schon neugierig, welche Musik meine Enkel hören werden ...

Denk´ jetzt bitte mal fix an eine Person, die die Menschheit weitergebracht hat – Pause – hast Du jemanden? Und jetzt überleg mal, ob diese Person wohl neugierig war. Mit großer Wahrscheinlichkeit lautet die Antwort „Ja!“. Für alle Erfinder, Entdecker und Experimentierer, die den Rahmen des Gewohnten erweiterten, war die Neugierde ein zentraler Treiber.

Aber wir müssen gar nicht in die Sphären epochaler Berühmtheiten schauen, um uns zu verdeutlichen, dass es neugierige Menschen leichter haben im Leben. Sie gehen Aufgaben und Herausforderungen mit mehr Lust und Laune an, sie finden das versteckt Spannende im vermeintlich Langweiligen und sie haben weniger Scheu vor dem Unbekannten, weil sie Spaß am Entdecken entwickeln können.

Und manchmal sichern sie so das Überleben. Hier kommt eine meiner Lieblingsgeschichten aus der Geschichte. Wir gehen mal kurz fast 700 Jahre zurück, nach Kärnten ins Jahr 1335. Damals belagerte Margarete Maultasch, Gräfin von Tirol, mit ihren Truppen die Burg Hochosterwitz. Die Burg lag unüberwindlich auf einem hohen Felsen, eine Eroberung war ausgeschlossen. Also entschied die kriegerische Gräfin: „Wir hungern sie aus!" Tatsächlich gingen nach einigen Wochen oben in der Burg die Lebensmittel zur Neige, es herrschte bald erbärmlicher Hunger, man schlachtete alles, was vier Beine hatte, bis auf den Tisch. Irgendwann waren nur noch ein ausgemergelter Stier und ein paar Säckchen Roggen übrig. Kurz vor der Kapitulation kam die Neugier ins Spiel: Welche Optionen haben wir noch? Es entstand ein Plan, der heute in Management-Seminaren als Musterbeispiel für „thinking outside the box" gefeiert werden könnte. Burghauptmann Reinherr Schenck kam in einer Mischung aus Verzweiflung und Neugier auf die rettende Idee. Was kann uns jetzt helfen? Er veranlasste, den Stier zu schlachten, und füllte den Bauchraum mit dem letzten Roggen. Diesen Kaventsmann ließ er dann über die Burgmauern den Berg hinunterstürzen, vor die Füße der Streitmacht. Das klare Signal an die Belagerer: Wir haben hier noch überreichlich zu futtern, hoffentlich habt ihr genug Zeit mitgebracht! Diese Aktion demoralisierte Frau Gräfin und ihre Krieger so heftig, dass sie die Belagerung beendeten und übellaunigst abzogen. Neugier rettet – es muss ja nicht gleich das Leben sein. Manchmal fördert sie auch einfach Karrieren. Noch ´ne Geschichte:

Wir blicken nochmal in die Welt des Sports. Über viele Jahre war diese Technik das Maß aller Dinge im Hochsprung:

Straddle, bäuchlings über die Latte rollen. Diese Technik machte einen sehr guten, aber nicht überragenden Hochspringer in den USA eher unglücklich als zufrieden. Er verbesserte sich kaum noch, seine Leistung stagnierte. Am Rande der Verzweiflung tobte in ihm ein innerer Konflikt: Soll ich mich weiter quälen, oder lass ich das ganze Gehüpfe sein? Das war der Punkt, an dem er neugierig wurde; er fragte sich nämlich: Welche andere Möglichkeit habe ich? Welche andere Option gibt es, um über die Latte zu springen? Wer im Sportunterricht nicht durchgängig den Turnbeutel vergessen hat, der weiß, von wem jetzt die Rede ist. Na klar: Richard, genannt „Dick", Fosbury, der legendäre Erfinder des Fosbury-Flops. Das war kein Flop, sondern eine der größten Erfolgsgeschichten des Sports. Als Fosbury seine Technik erstmals vorstellte, wurde er belächelt bis ausgelacht. Mit dem Kopf voraus rücklings über die Latte?

Die Bezeichnung „Flop“ geht übrigens auf die Schlagzeile eines Sportjournalisten zurück: „Fosbury flops over bar“ – er verglich damit den Sprungstil mit einem Fisch, der sich nach dem Fang an Land auf den Rücken dreht und den Körper zappelig krümmt. Fosburys Trainer Berny Wagner entmutigte den experimentierfreudigen Dick noch und empfahl ihm sogar, damit zum Zirkus zu gehen. Die große Manege wurde dann aber Olympia in Mexiko 1968. Fosbury übersprang 2,24 Meter und gewann Gold. Der größte Revolutionär der Leichtathletik war damals gerade 21 Jahre alt. Ein Jahr vor dem Olympiasieg lag seine Bestleistung mit der Straddle-Technik noch bei 2,10 Meter, ein Jahr danach zog er sich vom Sport zurück. „Ich hab´ keine Lust, aus dem Koffer zu leben“ – so begründete Fosbury 1969 seinen Rückzug, mit dem er auf viel Geld aus einer blühenden Profi-Karriere verzichtete. Stattdessen vergrub er sich in sein Ingenieurstudium in Portland und lebt heute als Vermessungstechniker und Lokalpolitiker auf einer Farm in Idaho, nicht weit entfernt übrigens von weiteren Legenden, dem Tennisspieler Mats Wilander und dem Musiker Steve Miller.

Fosburys Ruhm und Legendenstatus begründeten sich wesentlich auf Neugier. Er hätte ja auch „einfach" bei der Straddle-Technik bleiben und noch härter trainieren können – Olympiasieger wäre er nie geworden. Wir sollten also immer neugierig sein auf andere Blickwinkel. Welche andere Möglichkeit gibt es? Wie wesentlich diese Fragestellung gerade in Konfliktsituationen erscheint, verdeutlicht ein Bild, das Ihr schon mal am Anfang des Buches gesehen habt:

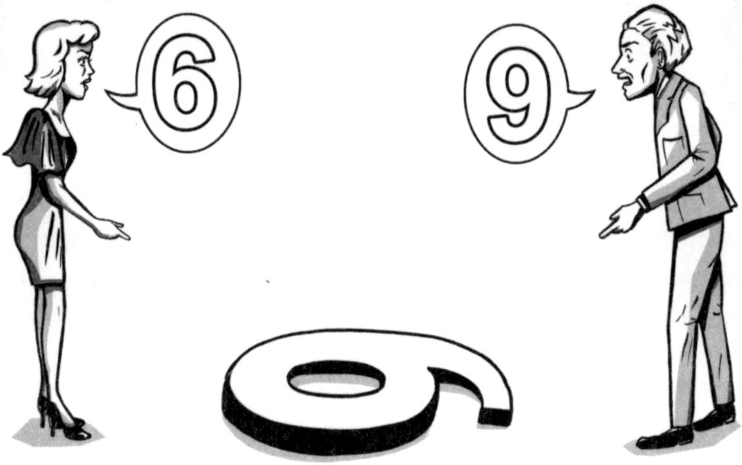

„Das is ne Sechs!" – „Hä, das is ´ne Neun!" – „Sag ma, bist du gegen ´ne Kaimauer geschwommen? Das is ´ne Sechs!" – „Pass auf, Glasauge, für dich nochmal: Neun!"

Wenn beide weiter auf ihren Positionen beharren, dann werden sie in diesem Dilemma gefangen bleiben. Dabei müssten sie sich nur mal etwas bewegen. Sie sollten versuchen, die Sache mal mit den Augen des anderen zu betrachten, eine veränderte Perspektive einnehmen. Denn: Es gibt immer noch eine andere Möglichkeit. Alternativlos – das ist nur der Tod. Mein Oppa Heinrich drückte es so aus: *„Von Hundert sterben Hundert, hier kommt keiner lebend raus. Aber sonst kann man immer noch was machen!"*

Leider wollen sehr viele von uns sehr schnell und umweglos eindeutige Antworten, gerade in komplizierten Zusammenhängen. In der Psychologie wird für diese Haltung der Begriff „need for closure" verwendet, gängige Übersetzung: Bedürfnis nach kognitiver Geschlossenheit. Hä? Dabei geht es um den Wunsch nach definitivem und sicherem Wissen. Lieber fix eine Entscheidung treffen und eine Aufgabe abschließen als Mehrdeutigkeit und Unsicherheit aushalten, bis man klarer sieht. Dieses Bedürfnis ist unglückseligerweise auch die Quelle für Vorurteile und Engstirnigkeit, denn so einfach wie gewünscht sind die meisten Sachen dann eben doch nicht. Das hat gerade auch die Corona-Krise wieder verdeutlicht. Der Wunsch nach eindeutigen Erklärungen ist hoch, aber anstatt auf gesicherte Informationen und plausible Begründungen zu warten, versteigen sich viele in Mutmaßungen und Halbwahrheiten bis hin zu glatten Lügen. Das lindert Zweifel und Konfusion, gibt kurzfristig Sicherheit und Stabilität. Dummerweise um den Preis, irgendwann feststellen zu müssen, komplett daneben zu liegen – oder ungeimpft auf einer Intensivstation. Denn manchmal verfestigen sich die Vorurteile auch so übel, bis gesicherte Fakten gar nicht mehr durchdringen, siehe Echokammern und Filterblasen.

Wir sollten also in unklaren Situationen lieber eine Ehrenrunde drehen und auf belastbare Erkenntnisse und/oder sinnvolle

Perspektiven warten. Die Neugier auf andere Möglichkeiten, auf neue Optionen wird uns dabei sehr helfen. Bevor man den Deckel auf den Topf macht, sollte man wissen, was drin ist. Das führt mich zum Thema „Achtsamkeit“. Achtlosigkeit, also nachlässige Gleichgültigkeit, ist ein fataler Neugier-Killer. Das eindimensionale Geradeaus-Denken, die Scheuklappen begrenzen unsere Wahrnehmungsfähigkeit.

Ich bin sicher: Wer neugierig ist, hat mehr vom Leben. Lass mich noch einmal Albert Einstein zitieren: „Ich habe keine besondere Begabung, sondern bin nur leidenschaftlich neugierig.“ Und Neugier kann Spaß machen – wer weiß, vielleicht schmeckt dieses Leberwurst-Eis ja sogar? Neugier ist völlig legales Doping beim Versuch, Konflikte zu lösen. Nur wenn wir unsere Perspektive mal verändern, auf die Situation mit den Augen von anderen blicken, werden wir das hinbekommen, was wir im Umgang mit Konflikten anstreben: eine einvernehmliche Lösung. Um die soll es jetzt gehen.

e.invernehmlich

Einvernehmlich heißt: übereinstimmend. Wir sind uns einig. Das soll nicht bedeuten, wir sind ein Herz und eine Seele. Aber wir unterstützen mit Blick auf eine bestimmte Situation die Meinung und Position eines Mitmenschen. Orchester spielen einvernehmlich. Wenn der Eine G-Dur im 4/4-Takt posaunt und die Andere cis-Moll im Walzerrhythmus streicht, dann wird's disharmonisch, es klingt ungenießbar. Obwohl ich ein paar Jazz-Freunde habe, die auch daran noch Gefallen finden könnten ...

Eine einvernehmliche Lösung meint: Die Lösung fühlt sich gut an. Sie passt zu den Interessen und Bedürfnissen, die eine wesentliche Rolle in diesem Konflikt gespielt haben. Idealerweise entsteht aus der Einvernehmlichkeit die oft zitierte, legendäre Win-Win-Situation. In den schon beschriebenen Konfliktmustern Flucht, Kampf oder Totstellen empfindet mindestens eine Person/Partei eine Niederlage, einen Verlust. Beim Kompromiss sind häufig, wie bereits beschrieben, alle gleichermaßen unzufrieden, aber Verlust und Gewinn halten sich die Waage – man gibt etwas weg, aber dafür bekommt man auch eine Kompensation. Ein Kompromiss stellt immerhin schon mal eine einvernehmliche Lösung dar. Ein Konsens schwingt sich zu anderen Höhen auf: Alle sind gleichermaßen glücklich. Da forscht man neugierig nach einem bisher noch nicht bekannten Weg, der für alle gut zu begehen ist.

Ein ganz schlichtes Beispiel aus dem Alltag: Der Angestellte Anton verlangt von Chefin Carola eine Gehaltserhöhung. Aufgrund der angespannten Finanzsituation der Firma lehnt Carola das ab. Sie möchte aber Anton als zufriedenen Mitarbeiter halten. Sie überlegen g.e.r.n.e., welche Maßnahme Anton freuen könnte, ohne Carola zu stark zu belasten. Irgendwann kommen sie drauf: Am Freitag verfahren eh viele im Unternehmen und auch bei Geschäftspartnern nach der Devise „Ab eins macht jeder seins". Beide einigen sich einvernehmlich darauf, dass Anton nicht höher honoriert werden kann, aber seine wöchentliche Arbeitszeit reduziert wird. Er startet von nun an immer bereits am Freitag ab 12, Highnoon, ins Wochenende. Das freut auch seine Familie sehr, weil dann alle schon am Nachmittag in ihrem Wochenendhäuschen den Grill anschmeißen können – auf dem einvernehmlich mit den veganen Sprösslingen nicht nur Kadaver verbruzzelt werden.

Leider ist das Wort „einvernehmlich" durch allerlei Verlautbarungen im Zusammenhang mit z.B. Auflösungsverträgen in Misskredit geraten. Da feuert man einen Mitarbeiter, da will man eine Chefin loswerden, möchte aber gesichtswahrend den Anschein erwecken, alles geschehe zum Wohle aller – und trennt sich „einvernehmlich". Dabei versichert man sich nur gegenseitig, auf das Waschen schmutziger Wäsche zu verzichten.

Auch ein paar Etagen oberhalb von klammen Firmen legt man großen Wert auf Einvernehmlichkeit. Für die erste Ampel-Koalition mit drei Parteien im Bund legten SPD, Grüne und FDP im Koalitionsvertrag auch die Spielregeln für Kabinettsentscheidungen fest: *„Im Kabinett werden Entscheidungen einvernehmlich getroffen, kein Koalitionspartner wird überstimmt"*, wurde da explizit betont. Auch wenn das hin und wieder bedeuten dürfte, dass sich einige bis an den Rand der Selbstverletzung auf die Zunge beißen müssen ...

Vom Koalitionsvertrag zu Sexualpraktiken scheint es ein gewagter Sprung zu sein, aber auch und gerade hier spielt das Wort „einvernehmlich" eine gewichtige Rolle. Was ist denn bitteschön „einvernehmlicher" Sex? Besonders im Zusammenhang mit den „Me too"-Debatten ergaben sich da erregte Auseinandersetzungen. Konsens kann in diesem Zusammenhang nur bedeuten, dass alle Beteiligten allem zustimmen, was passiert. Es gibt aber durchaus eine Menge Situationen, in denen eine

Person es nicht schafft, die Zustimmung zu verweigern. Weil sie z.B. betrunken, weggedröhnt oder aber auch einfach von der anderen Person abhängig ist. Der Hollywood-Produzent Harvey Weinstein und der Bild-Chef Julian Reichelt mögen da alternative Meinungen haben, ihre nicht nur moralischen Degradierungen fanden jedoch überragende Zustimmung in der Öffentlichkeit. Nein heißt Nein, das ist klar. Ansonsten gilt auch hier: Reden hilft. Was möchtest Du machen? Worauf hast Du Lust? Wo sind Deine Grenzen? Sex ist nicht etwas, das man sich nimmt; Sex bekommt man, und zwar einvernehmlich. Und wenn Zweifel aufkommen, ob Einvernehmlichkeit besteht – dann besteht keine.

Um zwei sexuell hochproduktive Herren soll es jetzt gehen. Der eine zeugte acht Kinder mit fünf Frauen, der andere bringt es immerhin auf vierfachen Nachwuchs mit zwei verschiedenen Partnerinnen. Zwischendurch fanden sie noch die Zeit, ein paar hörenswerte Stücke Populärmusik abzusondern. Dabei behaupteten sie auch noch dreist, sie könnten keine Befriedigung kriegen. Egal, hier ist jetzt nur die Potenz wichtig, die es ihnen ermöglicht, trotz aller Differenzen immer wieder eine einvernehmliche Lösung zu finden – zumindest miteinander. Mick Jagger und Keith Richards leiten seit über 60 Jahren ein globales Multi-Millionen-Unternehmen, die Rolling Stones, die „greatest Rock´n`Roll Band in the world". Die beiden Senioren sind die erfolgreichsten Konflikt-Manager der Musikgeschichte. Die Beatles zerbrachen nach neun Jahren, die Stones lärmen weiterhin. In ihrer langen Geschichte gab es serienweise Streit und Zerwürfnisse, die in ihrer schlimmsten Phase so eskalierten, dass Richards später von „World War III" sprach. So übel kam´s dann doch nicht, denn die Rolling Stones existieren heute noch, weil die beiden rüstigen Knaben eben immer wieder mindestens einen Kompromiss, häufig genug sogar den Konsens fanden. Die sogenannten Glimmer Twins schafften es über Jahrzehnte, die Qualitäten des anderen wertzuschätzen und das Gemeinsame über das Individuelle zu stellen. „This thing is bigger than the both of us“, die Stones sind größer als wir beide, betonte Richards regelmäßig. Der Verein ist wichtiger als die Spieler, das haben wir ja schon von Uli Hoeneß gehört.

Am Rande: Jagger und Richards haben ohnehin die Hymne der Mediation, des Konfliktmanagements, geschrieben. Im Kontrast zu „Satisfaction“, dem Klagelied der Unzufriedenen, steht „You can´t always get what you want“. Der Refrain geht so:

“You can‘t always get what you want
But if you try sometimes, well, you just might find
You get what you need.”

Man kann nicht immer kriegen, was man will, aber wenn man´s versucht, dann findet man raus: Man bekommt, was man braucht. Gegen diesen Song spricht, dass Donald Trump ihn bei Wahlkampfveranstaltungen ertönen ließ. Für Jagger und Richards spricht, dass sie ihm das untersagten.

Ich mag die beiden Urgesteine nicht nur wegen ihrer Musik, sondern auch, weil sie ganz offensichtlich meine g.e.r.n.e.-Methode beherrschen. Das Dumme: Die kennen weder mich noch diese Herangehensweise, die ich hier zu vermitteln versuche. Oft schon habe ich mich gefragt, ob Jagger und Richards, die am Morgen des 17. Oktober 1961 am Bahnhof ihrer Heimatstadt Dartford musikalisch zueinander fanden, sich wohl gerne haben. Dazu lassen sich abweichende Schilderungen finden, von Liebe über Hassliebe und Bruderbeziehung bis zu geschäftsmäßiger Zweckorientierung ist alles dabei. Dabei kann es uns im Zusammenhang mit meinem Thema hier ziemlich egal sein, ob die beiden sich gerne haben. Alle haben alle gerne, Friede, Freude, Senf an der Decke – das steht nicht im Mittelpunkt bei den Bemühungen, einen Konflikt zu lösen. Schön wär´s ja, alle Menschen werden Brüder, aber das ist nicht das Ziel, das kann nicht klappen, schon alleine, weil fast die Hälfte der Weltbevölkerung Schwestern sind. Ich sehe mich ganz klar im „Team Ringelpiez mit Anfassen", ich stimme ohne Wenn und Aber für weltumspannende Harmonie. Leider, aber gottseidank sind die Menschen halt unterschiedlich, da sind wir wieder am Anfang mit Oppa Heinrich, der mich darauf hinwies, dass der eine gerne Kartoffelsalat mag, während sich der andere gerne die Füße wäscht.

In meinem Telefon, in das ich mehr schreibe als spreche, habe ich mir einen Satz notiert, von dem ich nicht herausfinden konnte, wer ihn in die Welt gesetzt hat: „Ihr reimt sich auf wir und uns steckt in Kunst, und die größte Kunst ist die des Zusammenlebens von wir und ihr." Bingo. Dabei müssen wir gar nicht soo kunstvoll oder künstlerisch vorgehen. Das Ziel beim Versuch, einen Konflikt zu lösen, sollte ganz pragmatisch sein: Wir wollen uns von einer Belastung befreien, wir wollen uns von einer Beeinträchtigung entlasten. Wenn der Nachbar, den ich schon lange so doof finde, mir mit seiner Gangster-Rap-Grütze gehörig auf die Nerven geht, möchte ich primär, dass er das Asi-Gebrabbel etwas leiser hört. Er muss nicht mein Freund werden, es reicht, wenn nicht mehr an meine Ohren kommt, wer wessen Mutter mal so richtig ... is egal. Alle Menschen werden wohl doch nicht Brüder, aber alle Menschen können g.e.r.n.e. versuchen, Lösungen zu finden.

Erinnert ihr Euch noch an die beiden Streitesel von vorhin?

Was haben die egoistisch trotzig aneinander gezerrt, wie rücksichtslos kümmerten sie sich nur um sich und den Haufen Stroh, den sie erreichen wollten. Der entscheidende Moment passiert, wenn sie mal innehalten und die Fragezeichen in und über ihrem Schädel reflektieren. Dann setzen sie sich g.e.r.n.e. zusammen und auseinander und finden die Lösung:

Beide gehen nach links, beide gehen nach rechts, beide fressen einvernehmlich, beide werden einvernehmlich satt.

Die Lösung der meisten Konflikte liegt in unserer Hand, wir können sie an den fünf Fingern einer Hand abzählen.

Das ist mein Wegweiser zum Sehnsuchtsort Konsens. Wenn einem vorher der Sprit ausgeht, landet man immerhin im auch ganz hübschen Kompromiss. Das ist ein Platz, an dem man es gut aushalten kann. Vielleicht verschnauft man da, um dann in Richtung Konsens, wo es noch viel schöner ist, weiterzureisen.

gemeinsam
ergebnisorientiert
rücksichtsvoll
neugierig
einvernehmlich

Ausgang

„That, that´s about it!" Mit diesem Satz beendet Bubba, der beste gute Freund von Forrest Gump, seine Auflistung, zu was man Shrimps lecker verarbeiten kann. Ich wünschte, ich könnte am Ende dieses Buches sagen: „Das isses. Mehr müsst Ihr nicht wissen." Leider sind Konflikte eine sehr viel kompliziertere Angelegenheit als Shrimps. Leider weiß ich nicht so viel über Konflikte wie Bubba über Garnelen.

Bevor Ihr dieses Buch verlasst, will ich Euch noch kurz das einpacken, was Ihr, wenn´s nach mir geht, mitnehmen solltet:

Je nach Perspektive erscheinen Konflikte nervig oder nützlich, wir entscheiden, wie wir mit ihnen umgehen. Ich bin fest überzeugt, sie sind gleichzeitig Motor und Treibstoff für erfolgreiche Entwicklungen und Fortschritte. Sie fordern und fördern Verbesserungen.

Macht den Konflikt zum Startpunkt einer Reise an einen besseren Ort.

Startet bei Blitz und Donner, bei Regen oder Schnee, wenn ihr g.e.r.n.e. den Konflikt annehmt, landet ihr irgendwann da, wo Ihr euch wohl fühlt.

Wir müssen handeln, wir müssen Konflikte angehen, sonst verschieben wir Probleme nur in die Zukunft. Ein ignorierter Konflikt geht nur kurz weg. Dann kommt er wieder, und zwar mit erheblicher Verstärkung.

Das ist bei der Klimakrise so, das ist bei jedem kleinen Streit genauso. Wartet nicht, bis Euch das Wasser bis zum Hals steht.

Und beherzigt bitte einen Satz, der als Quintessenz auftaucht, wenn ihr noch einmal umblättert.

Es macht Garantiert

mEhr Spass,

durch VeRständigung

etwas zu gewiNnen,

als es durch StrEit zu verlieren.

DANKE!

„Gemeinsam" ist eines der Schlüsselwörter dieses Buches. Es wäre nicht erschienen, und wenn, in einem denkbar schlechten Zustand, ohne die wesentlichen Beiträge einiger liebenswerter Menschen.

Art Direction:	Andreas Volleritsch
Illustration:	Mira Wallraven
Foto / Grafik:	Inga & Michael Freitag
Korrektorat:	Broder Trebe
Beratung:	Oliver Wurm
Coaching:	Ali Wichmann
Aufmunterung:	the Kemp´s -Table
Insgesamt:	Eva und Jessica

1. Auflage November 2022

Bestellung und Vertrieb: Nova MD GmbH,
Vachendorf / bestellung@novamd.de

Druck: B&K Offsetdruck, Ottersweier
Auch als e-book erhältlich

ISBN 978-3-98595-525-1

Druckerzeugnis
www.natureOffice.com/DE-318-LP8B44F
klimaneutral
durch CO2-Ausgleich